豹變

木心——著

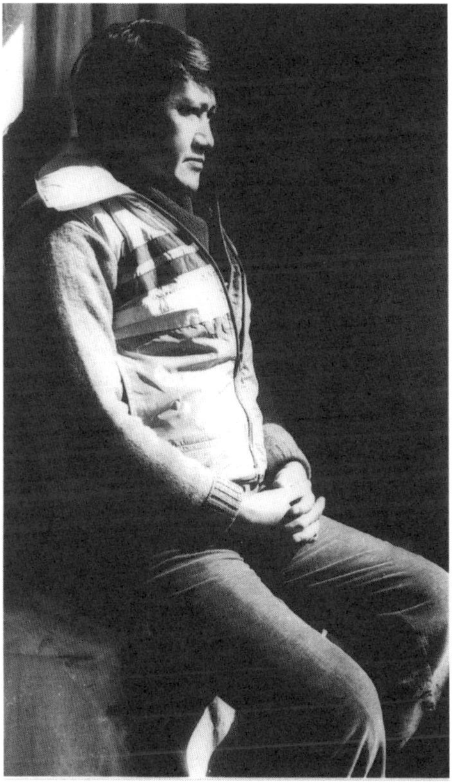

木心

大人虎變
小人革面
君子豹變

——《易經》

目錄

代序

童明

一

《豹變》的十六個短篇是舊作，都在不同的集子裡發表過，《溫莎墓園日記》就收了其中七篇。按照木心先生的心願，以現在的順序呈現的十六篇是一部完整的長篇小說。我和木心從一九九三年醞釀這個計畫，到今天《豹變》以全貌首次出版，已歷時二十餘載。這是一本薄薄的禮物，您若由此獲得新鮮體驗，這也就是新作了。

二〇一一年，我翻譯的英文本木心小說集《空房》（*An Empty Room*），由美國New Directions（新方向出版社）出版，收了十三篇，卻沒有〈SOS〉、〈林肯中心的鼓聲〉、〈路工〉這三篇。其中的緣由一句話說不清楚。一句話可以說清楚的是，沒有這三篇就不完整，還不是作者設想的那部小說。

木心先生在世的時候，我常和他對話，「正式」的卻只有兩次。一次在一九九三年夏天，我受加州州立大學的委託去找他；另一次在二〇〇〇年秋季，應了羅森科蘭茲基金會的邀請。所謂「正式」也很自由，無所不談。木心不願把我們的談話歸於「訪談」一類，一直以「對話」或「木心和童明的對話」稱之。一九九三年初夏，我們商定這十六篇為一本書，計畫先出英文版，再出中文版。這個順序後來沒有變。英文版（十三篇）二〇一一年發表；現在，這個完整的中文版（十六篇）也出版了。二〇〇九年，木心提議這本書中文版的標題用《豹變》。我向先生做過承諾，如今《豹變》終於面世，感到欣慰。還有幾句渴欲暢言的話，事關木心文學藝術的綱領大旨，謹此為序。

二

成集的短篇小說分兩類。一類，短篇收集，各篇自成一體，這是短篇小說集。另一類，短篇收集，各篇既相對獨立，又彼此相連，形成一類特殊的長篇小說：a short story cycle，照英語譯為「短篇循環體小說」。《豹變》是這第二類。

確切地說，這種長篇小說是現代主義文學（尤其是美國現代文學）中常見的一個類別。二十世紀初，有安德森的《俄亥俄州的溫斯堡鎮》、海明威的《在我們的時代》、福克納的《下山去，摩西》等，都是。之後陸續有作家用這個類別創作，形成了傳統。在各個短篇怎樣相互聯繫的方式上，有若干種的結構原則。我和木心討論，認為《豹變》和海明威的《在我們的時代》，在結構原則上不謀而合。當然，木心和海明威的寫法各有千秋。這樣相比，為方便了解《豹變》和短篇循環體小說的關聯。

新的文學類別都有前世和今生。在古時，短篇循環體小說應該就是「講故事的集子」（tale-telling collections），如《一千零一夜》、《坎特伯里故事集》、《十日談》等。中國的章回小說情節上有明顯的連貫，不在此列。「講故事的集子」或「短篇循環體小說」至少表面看沒有明顯的連貫，而且往往有意為之。

現代文學異於前現代文學之處，亦不可低估。現代文學（又稱現代主義）是美學現代性的一部分，以文體和觀念的創新為動力，新形式層出不窮。其中佼佼者標示了前沿，又稱「先鋒派」（avant-garde）。讀木心，將他看作現代主義的先鋒派，易於理解他文學創新中的那些取向。

通常說的現代化遵循了一套價值，自十八世紀的啟蒙形成體系，稱為「體系現代性」。美學現代性與這個體系現代性之間始終存有張力。現代主義創新是一種現代性格不錯，但必以「生命的哲學」（班雅明語）為其底色，區別於以利潤為驅動的現代化。班雅明在〈論波特萊爾的一些母題〉中的概括，清晰準確：幾百年來，文學家和哲學家致力於美學現代性，共同建造「美學經驗結構」，為的是抗衡布爾喬亞文化代表的「異化經驗結構」。

文學思辨發乎生命，貼近人性，以其美學判斷為特徵。先鋒派以此審視現代化中人的處境，不輕信「光明進步」的高調，對體系現代性保持警覺的距離。美學現代性因而是另一種現代性，用多聲部音樂的術語，喻之為「對位式的現代性」（contrapuntal modernity），意思是它以變奏的方式回應著體系現代性。

體系現代性有一套宏大敘述，以「科學」、「理性」、「主體」等關鍵字代表其歷史必然進步的信心。歷史進步是人類共同的夢想，無可厚非。但不知何時，人類發展史被等同於自然進化史，「進步」的進程反而隨意忽略人的狀況和人性，甚至當作障礙掃除。還有一個事實：源自啟蒙的體系現代性及其宏大敘述，是資本主義和社會主義共同的源頭，因為兩者都採用其邏輯和語彙表述其合理性。宏大敘述一旦宏大起來，就只許樂觀，不許悲觀，有如太陽拚命地光芒四射，卻否定了自己有影子。

面對無處不在的布爾喬亞文化和宏大敘述，美學現代性的抗爭看似弱小，其實是以弱為強，以弱勝強。戰火中的蒲公英，野地裡的茅草，生命力都很頑強。

一九九三年，木心在和我的對話中說：「『人』要絕滅『人性』的攻勢愈演愈烈，而我所知道的是，有著與自然界的生態現象相似的人文歷史的景觀在，那就是：看起來動物性作踐著植物性，到頭來植物性籠罩著動物性，政治商業是動物性的戰術性的，文化藝術是植物性的戰略性的。」可見，木心的文學不僅是文字，還有與其藝術觀相應的歷史觀、世界觀、生命觀。

美學現代性對體系現代性的思辨，並非否定。體系現代性有兩面，它產生的自由、平等、民主、社會正義等價值，當然是進步的。真的照此努力，人的狀況就不會被擱置不顧。一七九四年，康德撰文〈什麼是啟蒙〉，提出啟蒙首先是獨立思考，在言論自由的條件下擺脫被奴役狀態。這個講法深得人心。但啟蒙的遺產遠比康德說的要複雜。二百年後，一九八四年，傅柯（M. Foucault）又撰文〈什麼是啟蒙〉，以後見之明指出：我們應該繼承啟蒙的正面（positives），拒絕其負面（negatives）形成的「啟蒙詭詐」。啟蒙的負面問題不少。例如，脫離了人文思考的「理性」變成工具，可服務於殖民、專制、帝國擴張。

「什麼是啟蒙」，並非問一次答一次便可一勞永逸。美學現代性一直問這個問題，在問中創新。

文學針對現代化做出的反應，現代主義並非唯一，還有浪漫主義、現實主義等等。而文學史揭示，現代主義在發展中，看到並且擺脫了浪漫主義和現實主義的局限，並與之區別。

浪漫主義看重的激情和想像力，本是人性中可貴的一面，也是藝術不可或缺的特質。然而激情缺不得反諷，想像缺不得冷靜，否則，浪漫者會看不清自己和現實。十九世紀中葉，福婁拜寫《包法利夫人》，有兩個並行的目的：梳理浪漫情感，揭露布爾喬亞文化拿著庸俗當光榮。這本小說因此成為現代小說的先驅。《包法利夫人》對於美學現代性具有象徵意義：須經過一次克服浪漫主義盲點的「情感教育」（福婁拜另一本小說的書名），文學才能現代化。幾百年來的現代文學名著，都有這種「情感教育」的力量，木心也有。這一點對閱讀木心非常重要。他屬於這個文學的常態。

自十九世紀起，現實主義成為歐洲文學的另一思潮，之後又有批判現實主義、社會主義現實主義之分。

文學和現實當然不可分，但現實主義的問題在於其文學「反映」現實的主張。文學靠豐富的想像力，離不開虛構，它和現實的關係不是「反映」，而是「意味」。此外，受反映論影響過多，會忘記現實已經是不同版本的話語；如果文學不做語言的創新，有可能把某種現實的話語當作自然語言，失去的不僅是文學語言的陌生感，對現實的認知也會趨於保守。現實主義高漲時，福婁拜、杜思妥也夫斯基等人都斷然拒絕被貼上「現實主義」的標籤。

二十世紀上半葉，匈牙利馬克思主義文學理論家盧卡契擺起擂台，挑出「現實主義還是現代主義？」的大旗，要把現代主義歸為反現實一類，貶之為腐朽沒落的資產階級文化的產物，這已經是按照二元對立的邏輯擺出的「大批判」姿態。現代主義文學的基點是文學一直的基點：人性、世界、歷史都是複雜的；它的新見解是：只有做形式的創新，才能深究各現實版本的符號編碼，深刻介入現實。現代主義和現實主義，歸根結柢是兩種不同的哲學性格。現實主義依然存在並在發展。但是，盧卡契闡釋的理論，在現實和語言的關係等問題上都趨於僵固。作為文學爭論，這一頁已經翻了過去。

以上這些，都涉及怎樣評價木心風格之意義，因為提到的人少，故而贅言一二，作為「序」的開端。

現代主義是世界範圍內的文學洗禮。十九世紀，現代主義已經氤氳歐羅巴和俄羅斯。後人論起，莫不以福婁拜、波特萊爾、蘭波、杜思妥也夫斯基等人為之先驅，為先鋒派之先鋒。二十世紀初，歐美再度勃興現代主義，普魯斯特、卡夫卡、葉慈、龐德、喬伊斯、艾略特、福克納等，都是舉起旗幟的先鋒作家。俄國文學承繼十九世紀的偉大傳統，勢頭絲毫不遜於歐美。六十年代起，拉美和非洲也出現了現代主義的大趨勢，只不過有另一個總稱：「魔幻現實主義」。從世界範圍看，先鋒派人數眾多，個個身手矯捷，成就不凡。

五四時代，魯迅代表的新文學真誠地趨向世界的大潮，實為現代主義在中國的初次見證。後來，戰爭阻斷文化，單一意識形態長期禁錮，吾國文學在狹窄的格局裡自成一統。久而久之產生幻覺，以為這就是世界的常態。「凡是民族的，就是世界的」——未必。

經常聽到的，無異於井蛙之鳴。八十年代，突然間獲知外面的世界很精采。在開闊的時空裡，思想活躍、藝術創新乃是必然。又一輪現代主義出現，確實可喜。惟其勢單運薄，又非常可惜。現代主義還頂著「腐朽反動」的帽子，突然偃旗息鼓，先天和後天的不足可想而知。

木心長久和全方位地沉浸在世界其他文明的文學藝術中，默默研習幾十年，很晚他才出現在國人視野裡。他的到來如晨風，喚起了海洋和森林的回憶，清新，也令人意外：為什麼這個人經歷過各個歷史時期的磨難，仍然保持自由的個性；他的寫作居然沒有與中國傳統斷裂，也沒有與世界斷裂。

面對這位遲來的先鋒派，也有指指點點，似乎此人來路不明，要查查戶口再說。

在當下的文化裡，說木心是先鋒派不僅尷尬，還有些諷刺。曾幾何時，現代主義被否定，連貝多芬的無標題音樂也被批判。如此等等並未反思，也沒有反思的機會，荒謬和戾氣一起沉潛，積澱在集體無意識裡，任由「過去」指導「當下」。既然「文學是現實的反映」依然天經地義，誰又理會世界文學已經歷過現代主義的洗禮。既然何為美學前沿還在雲裡霧裡，誰又在乎什麼先鋒派。木心被發現，讚歎聲中混雜著否定，時而可聞幾聲詛咒。木心，「野地玫瑰」是也。「那麼玫瑰是一個例外」：例外的文風，例外的情感方式，例外的思維表達。

驚豔，驚歎，驚愕，驚恐，四座皆驚：此人的漢語寫作不錯！再讀，似懂而非懂。有驚而醒者，必會想到：這「例外」帶回來的豈不是世界文學的「常態」？那麼，我們為誰而驚？為何而驚？

木心的先鋒性還有一個因素：他在四海之外遇到了兄弟。昆德拉、納博科夫這樣的作家和木心一樣，都是「帶根流浪」人，木心呼之為「昆德拉兄弟們」，足見其情深義重。自上世紀八十年代起，有個新的稱謂 diasporic writers（我譯為「飛散作家」），正是此意。美國學者克里弗德（James Clifford）有個極簡的歸納：這些作家是 rooted and routed，帶著家園文化的根，做跨民族和跨文明的旅行。國內學界按人類學和社會學的慣例，以前將 diaspora 譯為「流散」或「離散」，一直沿用，就未能顧及這個概念的歷史和當下的變化：diaspora，其希臘詞源指植物靠種子和花粉的散播而繁衍，即為飛散；後來，此詞長期和猶太民族的歷史連在一起，加重了苦難的內涵，「離散」的譯法突出這一點；八十年代之後，這個詞的語義被重構，指當代文化文學的新現象，即：一些作家在跨文明、跨民族的旅行中，展示了類似文化翻譯和歷史翻譯的創新。這樣，diaspora 一詞更新後的含義歸返古意，譯為「飛散」更貼切。

我和木心談 diaspora 的來龍去脈，他讚賞「飛散」的譯法，將自己歸於此列，之後頻頻提到「飛散」。

在國內學術刊物和論壇上，我解釋過為什麼當代的 diasporic writers 應該用「飛散作家」表述。有一次，我告訴他：國內一部分學者仍不喜歡「飛散」的譯法，堅持用「離散」或「流散」。木心說：「下次回國講課，你問大家：有兩個同樣主題的學術會議，一個叫飛散文學會議，一個叫離散文學會議，你們願意去哪一個？」說完我們都笑了。木心的理解很準確：當代「帶根流浪」的作家，少了一些悲苦，多了一分生命繁衍的喜悅和創新的信心。

飛散作家中也有標示新的文化和思想前沿者，不愧為當代的先鋒派。木心是飛散作家，也是先鋒派，這兩種特質在他身上很和諧，很般配。

帶根流浪多年後，木心悄然歸來，認真告訴別人：他是「紹興希臘人」，別人以為他開玩笑；有人尊稱他為「國學大師」，他馬上謝絕，補充說：中國需要的不是「國學大師」，而是「創新」者。

長途跋涉之後，木心再次踏上故土，鄉情仍濃，鄉愿乃無。晚年的木心壯志未酬，他滿懷期待，卻估計不足走進一種喧鬧的「常態」，難掩失望。風中也有好消息：厭惡了虛偽且僵固的思想形態之後，許多人，許多年輕人，越來越嚮往文學藝術，嚮往生命中的真經驗。還好，生命在，漢語在，還有木心這樣的作家，足以讓我們體味「郁麗而神祕」。

三

作為短篇循環體小說的《豹變》，其結構蘊涵一種分與合的特殊關係：以碎片為分，又以碎片為合。「碎片」式（fragments）文體，是歐美先鋒派的創新之一：段落內、段落間、篇章間的那種不連貫，最終在祕徑上連貫。一旦識得其連貫，就覺得很是連貫。

碎片形式的好處，在它以審美的陌生感（defamiliarization）挑戰慣性思維。

碎片因其質地各不同而豐富多樣，喚回現代生活時常忘卻的美學經驗，又在美學思維的探索中將碎片接了起來。現代詩歌上最突出的碎片體，當屬艾略特的《荒原》。這種寫法影響了許多作家，海明威即其中之一，尤其是《在我們的時代》（*In Our Time*）。碎片式文體，放在前現代不易理解，隨著電影時代的到來則順理成章。有人將海明威的《在我們的時代》與電影的蒙太奇相比，稱這種結構為「斷裂的原則」（the principle of discontinuity），看似「斷」的地方，斷而不裂。尼采的箴言體未嘗不是如此，言簡意賅的片段，卻是連貫一氣的。木心擅長俳句，和碎片體也是異曲同工。

木心和海明威都是擅長短篇的作家。長篇和短篇小說的真正區別，或許不在篇幅。福克納有一次被問，您怎麼成了長篇小說家（novelist）的？他答：吾之首愛為詩，先嘗試詩而未果，再嘗試僅次於詩之短篇，也未成正果，於是，成了長篇小說家。福克納的幽默，暗示美學中的一個認知：短篇小說更以抒情為主調，更接近詩的況味。其實，福克納的前功並未盡棄，他把詩和短篇的嘗試再用於長篇，成就了自己獨特的小說風格。

擅長短篇的作家，許多人寫成了散文詩。以俄國作家為例，契訶夫、屠格涅夫、布寧（Bunin，又譯蒲寧）、納博科夫等，都是文字雋美、收放自如、篇篇可比精磨的鑽石。木心有俳句，「我常與鑽石寶石傾談良久」，寓意也在此。

布寧的短篇精美，是小說更是散文詩，今天還記得的不多了。有一次，木心無意提到布寧，如數家珍，令我驚喜。他喜歡的鑽石寶石可不少，而且他看重的散文家又多是思想家，如：老子、孔子、蒙田、盧梭、愛默生。木心的眼光獨到，還在於他敬重耶穌的原因與眾不同。他說過，耶穌是集中的藝術家，而各個藝術家又是分散的耶穌。

品文學如同品人，各有所長，不是非黑即白。讚賞以短篇為基礎的小說，不是要貶低一氣呵成的長篇。杜思妥也夫斯基的長篇，不僅篇幅長，氣息也長，纏綿於人性的複雜和衝突。納博科夫說杜氏文字有時粗糙。那又如何呢？能讓文學擔當人性最大可能者，非杜思妥也夫斯基莫屬。他造的是金字塔，不是鑽石。鑽石和金字塔之間，無法以優劣評判，而鑽石與鑽石之間，金字塔與金字塔之間，還是有優劣之分的。

木心自己的短篇，以哲思和情感互為經緯，敘述的不僅是故事，是散文、詩、小說之間的文體。木心的文字像是暴雨洗過一般，簡練素靜。深沉的情感，冷淬成句，吶喊也輕如耳語，筆調平淡而故實，卻曲徑通幽。他善反諷，善悖論，善碎片，善詩的模糊，善各種西方先鋒派之所擅長，用看似閒筆的手法說嚴肅的事理（這一點和吳爾芙夫人相似），把本不相關的人和事相關起來，平凡中盪起漣漪，有中國散文的嫻雅，有蒙田式的從容，更把世界文學中相關的流派和傳統彙集一體。《詩經演》在海外初版，木心曾以〈會吾中〉為題，是這個意思。

《豹變》的碎片感，皆因各篇質地相異，形式靈活，結構近於海明威式的「斷裂原則」。換一個文學例子比喻：有一種發源於古波斯的詩體，叫「加札勒」（ghazal），兩句為一詩段，七個詩段以上構成一首詩，而每個詩段可以在主題或情調上不同，一段宗教，一段回憶，一段愛情，一段歷史，一段童話，一段超驗。這樣的構造，有靈動之美。

在現代小說的藝術層面上，短篇循環體小說如何由碎片合成整體，各家都有路數，《豹變》也有。說得仔細一些，以下幾點可供參詳。

一，短篇循環體小說的首篇，通常是引子或序。有些作家的引子，明晰點出全書主題。如安德森的《俄亥俄州的溫斯堡鎮》的首篇，闡釋了「怪異」這個貫穿全書的文學概念的哲學意義。還有些引子，沒有這般直白，以氛圍托出情感基調，暗指主題，如海明威《在我們的時代》的首篇。《豹變》的首篇〈SOS〉是散文詩，像音樂敘事曲般拓展，在生死至關的一刻戛然而止，隱隱之間似有宣示：人類會遭遇不可預知的災難，但在符合文明的人性中，博愛（愛他人、愛生命）和生命意志力不會泯滅。我認為，這其實是杜思妥也夫斯基的最終主題。《豹變》結束篇的〈溫莎墓園日記〉與此主題呼應，只不過主題經發展之後，落在「他人原則」（下面詳述），以愛（愛他人）來抵制無情無義的現代商業文化。

二，《豹變》的時間排列線索，隱含一個藝術家的精神成長史。書名「豹變」，源自《易經》革卦：大人虎變，小人革面，君子豹變。大人即坐擁權位者，變化如虎。小人，臉上變化甚多。大人、小人的變，我們見得多了。惟君子之變，漫長而艱辛，可比豹變。幼豹並不好看，經過很長時間，成年之豹才身材頎長，獲得一身色彩美麗的皮毛。木心向我解釋書名時說：「豹子一身的皮毛很美，牠知道得來不易，愛護得很，雨天，烈日，牠就是躲著不肯出來。」「君子豹變」是由醜變美、由弱到強的過程。木心心中的君子是藝術家；其成熟和高貴，也要經過不易的蛻變。此外，「君子豹變，其文蔚也」，「文」同「紋」，恰是《豹變》斑斕的色澤。

《豹變》的故事描寫的是個體的人，大致看得出童年、少年、青年、中年幾個人生階段。私人經歷又對應著戰前、二戰、二戰後、建國後、打開國門等階段，需要在這些歷史背景中思考。當然，還有一個重要的階段：走出國門後的西方世界。

三，「我」和他人（他者）。海明威的《在我們的時代》有兩類故事，尼克故事和非尼克的故事，這兩類雖然不直接相關，卻相互詮釋，形成斷而不裂的長篇。木心的《豹變》全都是第一人稱的「我」為敘述者，但這個「我」有時在幾個故事中可能是一個人，有時則不是，有時是被有意模糊了。這裡牽涉兩個文學原則需要說明：（一）第一人稱的「我」雖然帶有作者經歷的痕跡，故事卻是虛構的，木心始終堅持：虛構的才是文學；（二）有意「模糊」（ambiguity）在文學中是修辭手段之一。

有些故事可以理解為由同一個「我」連結，如第二至第五篇。有些故事（如〈魏瑪早春〉）的「我」，不能認定和前面故事的敘述者是同一人。有些故事裡則明顯不是，如：〈靜靜下午茶〉中的「我」是英國女性；〈SOS〉的醫生國籍不詳；〈溫莎墓園日記〉的「我」雖是男性，但種族、年齡等不詳，有意被模糊。

人物身分的有意模糊，由木心的「他人」美學原則解讀更為妥當。他人，也可以說是他者。英文裡的 the other 可表示別的人，也可以表示另一個時空、另一個文化、另一種經驗。他者原則開闢了木心文學的種種可能，是他的「魔術」法則。

木心本人有愛有恨，但他的「他人原則」以人性中愛的能力為主，意味著「我」融入更廣泛的人性經歷的可能。木心在《知與愛》中說：

我願他人活在我身上
我願自己活在他人身上
這是「知」
我曾經活在他人身上
他人曾經活在我身上

這是「愛」
雷奧納多說
知得愈多，愛得愈多
愛得愈多，知得愈多
知與愛永成正比

《豹變》中的時空、經歷、文明、藝術，相互交錯，我中有他，他中有我。如果讀者認定某個「我」一直跟蹤，在某一刻就發現那個人虛幻了，「我」的界限模糊了。這一恍惚，閱讀進入了「他人原則」的深化。多數情況下的「我」具有藝術家的屬性。「豹變」的意思，也是將「我」散開，「我」和他人融為一體，他人也集中於「我」。結束篇〈溫莎墓園日記〉凸顯這樣的情節：一個生丁（一分錢美幣）在「我」和「他」之間正面、反面地翻轉，比喻著我和他之間的互動，乃至相互輪迴，印證生丁上的一行拉丁文：E pluribus unum（許多個匯為一個）。更形象的印證，則是墓碑上的瓷雕：「耶穌走向各各他，再重複重複也看不厭。」

木心的詩集《偽所羅門書》也是根據這樣的「他人原則」將「碎片」連結為整體。副標題「一個不期然而然的精神成長史」，可以相參。

四，飛散藝術家的主題，是各短篇凝聚為整體的另一方式。這十六篇中，九篇發生在中國，七篇在中國之外的時空裡（新方向出版社排斥了三篇，只留了四篇國外的故事。這樣一來，九篇和四篇的搭配，結構就失衡了）。交叉的時空，是藝術家的成長舞台：民族歷史的磨難是源，藝術家依靠生命意志成就藝術是流，源和流一起匯入世界。中國和世界、家園和旅行，是漸悟之後的頓悟。頓悟中，多了一些美學原則的宣示。

當然，把《豹變》的故事分成兩個時空有些牽強，因為講故事的人在心理上是不能分的。《豹變》一開始，那個「我」已是見過世面體驗過生命的眼光。

我最早讀到木心文學作品是一九八六年，感歎的是他和當代中國文學的寫法如此不同。我是世界文學的學生，自己在閱讀世界名著體會到的那些美學原則，在木心的文字裡一一驗證，屢屢有感觸。和木心一生為友，我們有這樣的共識：漢語文學只有融入世界文學才能現代化，才能生生不息。

四

木心的寫作與漢語悠久的傳統一脈相承，沒有斷裂：如此的表述雖然對，卻不夠完整。

木心自己的看法一直是：漢語及漢語文學必須要現代化，現代化的意思是要從世界汲取新養分，但前提是恢復漢語文化的本色。木心的漢語行文，遠，與《詩經》等古典相接，近，深諳明清和民國散文小說之韻律。他對當代漢語也很敏銳，唯獨對新八股，像遇到瘟疫避之不及。如此的寫作習慣，旨在獲取乾淨新穎的漢語。而漢語文學的現代化，思想觀念為首要。思索民族而發現世界，探索世界而理解民族。一味強調自己特殊的民族必然孤立於世界，結果一潭死水。木心不做「國學大師」，要在廣闊的語境中創新，要多脈相承，要以文化飛散完善他的藝術。

這樣的看法和寫法，落在實處，見於《豹變》中幾種不同文體的質地，可大致加以區分。

有些篇章是十足的散文詩體，如具有先鋒派特色的〈SOS〉。可與之相提並論的，還有〈魏瑪早春〉、〈明天不散步了〉、〈溫莎墓園日記〉。

〈魏瑪早春〉特別值得一提。其中四節，宛如四個樂章的變奏，自然、神話、文學並列，將歌德創造《浮士德》的經歷，暗比大自然生發變化的神祕，不發激昂之聲，以平和而深情的語調讚頌人和自然的創造。第一和第四章，寫魏瑪的早春寒流反而覆之，以及「我」對春天的期盼，烘托歌德的藝術創造。第二章的神話故事，講眾神在一次競技中創造了花草，完全是木心的原創。超自然的想像融入準確的生物學知識和詞彙中，可謂「妙筆生花」。第三章，描繪洞庭湖邊唯在大雪中開花綻放的一棵奇樹，又是自然界中超自然的奇景，與第二章超自然中的自然相互對應。從第二章裡摘錄兩小段，默讀自可體味：

> 花的各異，起緣於一次盛大的競技。神祇們亢奮爭勝，此作 Lily，彼作 Tulip；這裡牡丹，那裡菡萏；朝顏既畢，夕顏更出。每位神祇都製了一種花又製一種花。或者神祇亦招朋引類，故使花形成科目，能分識哪些花是神祇們稱意的，哪些花僅是初稿改稿，哪些花已是殘剩素材的並湊，而且濫施於草葉上了，可知那盛大的比賽何其倥傯喧豗，神祇們沒有製作花的經驗。
>
> 例如，Rose。先就 Multiflora，嫌貧薄，改為 aeieularis；又憾其紛紜，轉營 indica，猶覺欠尊貴，卒畢全功而得 Rose rugosa。如此，則野薔薇、薔薇、月季、玫瑰，不計木本草本單葉複葉；它們同是離瓣的雙子植物，都具襯葉，花亦朵朵濟楚，單挺成總狀，手托或凹托，萼及花不外乎五片，

雄蕊皆占多數。子房位上位下已是以後的事，結實之蒴之漿果也歸另一位神祇料理。

其中韻味有漢語古風，又中西相容，更有先鋒派的寫法，大膽卻貼切，多層次的銜接，嚴絲合縫，實乃漢語文學現代化世界化的絕佳佐證。

還有一些口吻平實的篇章，如：〈童年隨之而去〉、〈夏明珠〉、〈芳芳No.4〉、〈一車十八人〉。我們比較熟悉這種敘事，少量的獨白和對話，搭配適當的情節，白描的手法，織造日常生活粗疏的質地，輕描淡寫，意在餘韻。

〈芳芳No.4〉平緩地開篇，款款道來，卻是漸強的音樂敘事詩（「No.4」是個提示），有如拉威爾的《波萊羅》（*Ravel-Bolero*）的節奏。一個變化無常的芳芳，與當時的政治文化中人性的扭曲，並置相關，就是一個難解的謎。「浩劫」之後，「我」和芳芳再次見面，幾度苦苦思索其中緣由而不解，至最後一句，輕輕地：「噓——歐洲人對這些事是無知的。」聽似耳語，已是心裡炸響的雷。這謎，中國人百思不解，豈能為外人道？又豈能不對外人道？

〈一車十八人〉，與以後社會上傳出的某些版本看著相似，卻不能相提並論。區別不在先後，而是木心能耐下心來，由細節構造整體，寫出當下社會中的人性異化和醜惡，故事的基調悲憤，憂患交加，引人再探根源。

〈圓光〉雖有故事，卻從幾個角度述說人性中的靈光該是怎樣的，章法是散文。

「文革」背景的故事有好幾篇，包括〈西鄰子〉。

此篇是東方題材，西方寫法，重點在「我」的心理。敘事直入心內暗影，結尾的意料之外，全在人性的情理之中。

與〈一車十八人〉和〈同車人的啜泣〉不同，〈路工〉中的「我」在國外，而揭示「我」和「他人」之間近乎心靈感應的呼應，三篇相通之處，是木心的「他人原則」。

再說說風格更西化的那些篇章。〈靜靜下午茶〉，背景和人物都是西方的，唯一的「中國元素」是「姪女」回憶起她的中國同學教她泡紅茶留下的餘香。此篇中最具現代小說特徵之處，是作者把「姪女」設定為「不可靠的敘述者」（an unreliable narrator），由此促發反諷（irony），貫穿全篇。「我」（姪女）不直接在長輩面前說破往事，不是不能，是出自掩藏很深的自私動機而不願說透。她的一點私心，是故事的焦點，如果沒有西方現代小說的閱讀經驗，還不易體悟。一對畫家夫婦曾興致勃勃告訴我，他們喜歡〈靜靜下午茶〉。一問才知他們誤把這篇真的當作喝下午茶的甜點。然而這是充滿糾結甚至痛苦的下午茶，木心的用意不在浪漫，因為故事直指人性中的猥瑣。

如〈靜靜下午茶〉這樣歐風的有好幾篇，各有存在的理由，收入《豹變》加強了時空重疊感。如〈林肯中心的鼓聲〉，集激情、幽默、諷喻為一身，難以歸於哪個品類。此篇需要仔細讀，其中多個意向，如果粗略講，總是不到位的。

〈明天不散步了〉和〈溫莎墓園日記〉在某種意義上可歸為「散步」類的

散文，其先驅包括：盧梭的〈孤獨散步者的遐想〉的散步者、波德賴爾《巴黎的憂鬱》中的「城市浪子」（flaneur）。在歐洲文學的慣例中，散步者或城市浪子都是哲學和藝術性的，超出一般意義。木心借用時，又自成風格，他的散步式散文，烙刻了當今文化旅行的標誌，歸於「文化飛散」一類，有待研究者慧眼識別。

當年木心寫〈明天不散步了〉，一個週末一揮而就。紐約有位台灣作家讀後拍案叫絕：「我們中文裡也有了吳爾芙夫人一樣的意識流了！」此話固然不錯，但意識流如何流，流到何處，對木心，如同對吳爾芙夫人，才是關鍵所在。〈溫莎墓園日記〉，書信加散步的遐想，寓哲理於景物，以「他人原則」的延伸為這本小說做完結篇。我的好朋友康蒂教授（Roberto Cantie）讀了我和木心的第一次對話和〈溫莎墓園日記〉感動不已，在凌晨給我寫信說：「木心在接受童明的採訪時，坦言了他的衡人審世寫小說，用的是一隻辯士的眼，另一隻情郎的眼，因之讀者隨而藉此視力，遊目騁懷於作者營構的聲色世界，脫越這個最無情最濫情的一百年，冀望尋得早已失傳的愛的原旨，是的，我們自己都是『他人』，小說的作者邀同讀者化身為許多個『我』，『文化像風，風沒有界限』（木心語），這是一種無畏的『自我飛散』（a personal diaspora），木心以寫小說來滿足『分身』『化身』的欲望，在他的作品中處處有這樣的雋美例子，『雙眼視力』是個妙喻，而受此視力所洞察所瀏覽的凡人俗事，因此都有了意想不到的幽輝異彩。」

〈空房〉是「元小說」（metafiction），國內嘗試者少見。「元小說」，即寫小說的小說，探討小說的慣例、路數及各種小說策略會有何種後果或價值的小說。元小說不易寫，寫不好味同嚼蠟。〈空房〉卻寫出了種種的意旨情趣。「我」在二戰後，漫步至荒山野嶺，來到一座破落的廟宇，上得樓來不見有人，卻有一間如婚房的粉色房間，雖空空如也，地上鋪滿柯達膠片盒，還有散亂的信件，署名「梅」和「梁」，沒有明確的年月日，他們之間如果是一段愛情，怎麼會發生在戰亂時期的這裡？敘述者「我」絞盡腦汁，做了至少七項推斷，排除了那些浪漫不切實際的可能，卻沒有排除人性中愛的堅韌。

我就此篇請教木心，他說：「這是在探索如何寫作，就是要把那些纏綿的浪漫情節排除在外。」有心人讀此篇，細嚼幾番，不難體味何為現代主義的「情感教育」。

最後談談〈地下室手記〉。這裡的五個短篇，產生於特殊的歷史背景，而木心希望能通過這樣具體的時空突出藝術的力量。上世紀七十年代，木心曾在上海某個地點被非法囚禁，在陰濕的防空洞裡被囚禁數月，用寫檢查省下的六十六頁紙、雙面一百三十二碼，密密麻麻寫了一部散文長篇。如今存放在木心美術館的這份稿件，已經模糊不清。二〇〇〇年，木心應羅森科蘭茲基金會的請求，費了很大力氣才從中抽出了五個短篇，由我譯為英文，發表在耶魯大學出版的集子裡。

在那個我們如今籠統稱為「十年浩劫」的年代，木心靠藝術給他的教養堅韌生存下來，這五篇是生命意志的見證。〈地下室手記〉中的防空洞是現實的，但木心寫的每一篇卻是想像力的產物，實乃虛構，如同《豹變》的其他篇章都是虛虛實實。虛構是文學最基本的特徵。真故事的真，其實比不上文學虛構獲得的更真，因為藝術的真實是感悟到的真實。

五

我是木心作品的第一個英譯者。因為美國大學的工作繁忙，我一直在工作之外的時間一篇一篇翻譯。譯完的作品，起先陸續發表在美國的《北達科他文學季刊》、《柿子》和《文學無國界》等文學期刊。木心去世之後的二〇一三年，英譯本的〈SOS〉（《豹變》首篇，沒有收在英譯本裡）在紐約的《布魯克林鐵軌》雜誌上發表，當年十月獲得 Pushcart 文學獎提名。英譯本的〈林肯中心的鼓聲〉和〈路工〉發表在美國的《聖彼得堡季刊》，這也已經是在木心身後了。

二〇〇六年前後，我和木心的文學代理人向 New Directions（新方向出版社）提交了十六篇的完整譯本。這是一家負有盛名的文學出版社，早年出版過龐德和艾略特的詩歌。那裡的編輯部收到稿件後很快通過決議，願意出版，卻只願意採納其中十三篇，不肯出〈SOS〉等三篇。我們向出版社解釋：那三篇是小說整體不可或缺的部分，希望收入。對方沒有回覆，具體原因是什麼也不肯說。我們堅持，對方沉默。一耽擱就是幾年。木心為此有些沉悶。這種事，文學史上並非沒有先例。喬伊斯為了出版《都柏林人》，從一九〇五年到一九一四年前後向出版社十八次交稿，最後方能如願。

後來，木心的健康每況愈下，我建議他讓一步。含十三篇的英譯本於二〇一一年五月出版後，各書評機構好評如雲。幸好此書在木心去世之前出版了，給了他不少的寬慰。

二〇一〇年夏，我去烏鎮，帶去清樣。木心雙手接過，顯然很興奮：「來來來，讓我看看這些混血的孩子。」翻看一陣之後，木心緩緩說了一句：「創作是父性的，翻譯是母性的。」我心裡一熱。

二〇一一年夏天，再去烏鎮，見木心案頭和書架上擺上一排排嶄新的小開本《空房》。當時我想：如果出版的是完整的《豹變》，那就完美了。然而生命中堪稱完美的事並不多。

我喜歡木心，推薦木心，更看重形成他藝術品格的精神。許多人都喜歡木心的俳句，覺得好玩，幽默，機智。我也喜歡木心這一面。他還有另一面，《豹變》裡的故事，有不少好玩的字句、好玩的片刻，基調卻是凝重的，凝重之中透著力。木心的文字是冷處理過的，引我們走進生活中熟悉的陰影，而行走在陰影裡，卻莫名地受之鼓舞和啟示。我想：木心知道，也讓我們知道，愛和生命意志是藝術的本質，也是生命的意義，這是我們在黑暗中唯一的光亮來源。

二〇一一年《空房》出版後，我在美國產業工人的網站讀到一篇書評，說西方某些作品看似精緻，卻不像木心的小說能給人真實的力量。書評說，木心有「一種精神」。我急忙打電話轉告木心，他高興，激動，連連說：「對，我們是有精神的。」

我和木心相遇相知，在藝術代表的精神中加深友誼，於是彼此都感受到了：命運，可以是精緻而美妙的。

一九九三年八月的一天，我從美國西岸飛到紐約，興匆匆前去拜訪木心。他已經搬過好幾次家，那時租居在傑克遜高地的一棟連體屋裡，門口正對路口交叉處。我下午到達，他早就站在門前的樓梯上眺望，見我到了，快步下來。我們熱烈擁抱。

木心興奮時，眼裡閃光；沉思時，眼睛會像午後的日光暗下來。接下來的兩天，我們不停地談話，大小話題，東西南北。

木心住的屋子呈橫置的「山」字，中間的廚房兼餐廳較小，「山」字中間的一橫短了下去。進了門，前面很小很小的一間算作客廳，一張桌，兩把椅，右面牆上是紅字體的王羲之《蘭亭序》拓片；穿過通道，經中間的廚房兼餐廳，後面一間是臥室。我們一會兒在前廳，一會兒在中間的廚房，晚上在後面臥室就寢，他睡床上，我睡地鋪，繼續說話，直到睡著。到了第三天晚上，木心半開玩笑地說：「童明呀，你再不回洛杉磯，我要虛脫了。」

第二天傍晚，在街上散步，我向他重複我們談話的一些亮點，木心突然說：「人還沒有離開，就開始寫回憶錄了。」兩人都不再說了，沉默。這句話我一直記著，一直在心裡寫回憶錄，久了，反而不知如何落筆。

談話平緩時如溪水，遇到大石頭，水會轉彎，語言旋轉起舞，激盪出浪花。第三天晚上，十一點半左右，坐在前面小廳裡，話題進入平日不會涉及的險境，話語濃烈起來，氛圍已經微醺。這時，街對面的樹上一隻不尋常的鳥開始鳴唱。木心打開門查看，我也看到了，是一隻紅胸鳥。我順口說：「是不是紅衣主教（red cardinal）啊。」後來，我向熟知鳥類的美國朋友請教，他們說應該不是，而是某種模仿鳥。

通常的模仿鳥無非是模仿兩三種曲調，而這隻紅胸鳥可以鳴唱五六種曲調，居然有 solo 的獨唱，還有 duet 的和聲。是天才的羽衣歌手，還是天外之音？最不尋常的是，牠叫得如醉如癡，一直激昂到凌晨三點，等到我們躺下了，牠才轉入低吟。夢裡還能聽到牠。

木心說，我們的談話觸及了人類的險境，或許就觸動另一個維度。這樣解釋有點神祕，有點暗恐，但沒有比這個更合適的解釋了。

木心很在意這隻紅胸鳥，詩句裡幾次提到。我和木心一起親歷了那晚，知道整件事的不尋常，但無法轉述。木心向丹青他們轉述，再傳出的敘述已經走樣。比較準確的敘述應該是：那不是一隻鳥，而是來自神祕世界的信使。

我寫這篇「序」，斷斷續續的，難免想到那個夏天，想起我對木心的承諾，似乎又聽到了紅胸鳥如醉如狂的鳴唱，不捨地把牠留在記憶裡，反覆聆聽，慢慢回味，突然間我意識到：木心先生已經不在了。心裡，一片空白。

翻開書，又能聽見他談笑風生，激昂時就像那隻紅胸鳥，來自彼岸，歸於彼岸，一個和我們的時空交集的時空。

二〇一六年聖誕前夕

說明

1.〈魏瑪早春〉原本按詩行排列，現改為散文體。之前，英譯本已經將此篇改為散文體，收在二〇一一年美國 New Directions（新方向出版社）出版的十三篇中。現在的中文版，按照那個版本的標點和分段編輯排列。

2.〈地下室手記〉前面的「伊莉莎白・貝勒筆記摘錄」，是我根據資料虛構，為此篇的完整，也為全書的結構完整。英文版此篇前的一段，也是我添加的，現以「伊莉莎白・貝勒筆記摘錄」取而代之。

3. 編輯全書時，酌情做了個別人名的變動和字句的調整。「溫莎墓園」加的「日記」二字，初版是沒有的。

4. 所有改動，在木心生前和他共同商定。有些改動受他的委託。

SOS

鎮靜，盡快收拾，盡快出艙，
一律上甲板列隊，切勿……

門都打開，人都湧到走道裡……

（他退進艙房，整理物件）

船長室的播音：

……營救的飛機已啟航……兩艘巡弋的炮艦正轉向，全速趕來……

船長說，但他不能勸告大家留守船上等候……

船長說，但如果旅客自願留在船上，他也不能反對，因為，下救生艇，並非萬全之策，尤其是老人和孩子們。

按此刻船體下沉速度……

排水系統搶修有希望……

（他能加快的是整出最需要的物件，離船）

……決定下艇的旅客，只准隨身帶法律憑證、財產票據、貴重飾品……生命高於一切……身外之物，必須放棄……

鎮靜，盡快收拾，盡快出艙，一律上甲板列隊，切勿……

鎮靜……務必聽從安排……

每艇各配水手，切勿……

（不再注意播音）

剎那間他自省從事外科手術的積習之深，小箱整納得如此井然妥帖，便像縫合胸腔那樣扯起拉鍊，揿上搭扣。

懊悔選擇這次海行。

（經過鏡前，瞥一眼自己）

走道裡物件橫斜，房門都大開半開，沒人——他為自己的遲鈍而驚詫而疾走而迅跑了。

轉角鐵梯，一只提包掉落，一個女人也將下跌……搶步托住她，使之坐在梯級上，不及看清面目，已從其手捧膨腹的傴僂呻吟，判知孕婦臨產。

攙起，橫抱，折入梯下的艙房，平置床上：

「我是醫生。」

（走道裡還有人急急而過）

他關門。

她把裙子和內褲褪掉。

「第一胎？」

點頭，突然大喊，頭在枕上搖翻。

「深呼吸……

聽到嗎深呼吸！」

檯燈移近床邊，扭定射角，什麼東西可以代替皮鉗，也許用不著，必須的是斷臍的剪子。

「深呼吸，我就來，別哭。」

（回房取得剃鬚刀再奔過來時船體明顯傾側）

她覆身弓腰而掙扎。

強之仰臥，大岔兩腿，屈膝而豎起——產門已開，但看胎位如何……按摩間覺出嬰頭向下，心一鬆，他意識到自己的腳很冷。

（海水從門的下縫流入）

她呼吸，有意志而無力氣遵從命令，克制不住地要坐起來。

背後塞枕，撕一帶褥單把她上身綁定於床架。

雙掌推壓腹部，羊水盛流……

「吸氣……屏住——放鬆……快吸……吸……屏住——屏住。」

嬰兒的腦殼露現，產門指數不夠，只能左右各伸二指插入，既托又拽……

嬰兒啼然宏然，胎盤竟隨之下來了。

割斷臍帶，抽過絨毯將嬰兒裹起，產婦下體以褥單圍緊……

她抱嬰兒，他抱她

看見也沒有看見門的四邊的縫隙噴水

轉門鈕——

海水牆一樣倒進來

灌滿艙房
（水裡燈還亮）
燈滅。

童年隨之而去

我用中指蘸了水，
在桌上寫個「逃」，
怎麼個逃法呢，
一點策略也沒有。

孩子的知識圈，應是該懂的懂，不該懂的不懂，這就形成了童年的幸福。我的兒時，那是該懂的不懂，不該懂的卻懂了些，這就弄出許多至今也未必能解脫的困惑來。

不滿十歲，我已知「寺」、「廟」、「院」、「殿」、「觀」、「宮」、「庵」的分別。當我隨著我母親和一大串姑媽舅媽姨媽上摩安山去做佛事時，山腳下的「玄壇殿」我沒說什麼。半山的「三清觀」也沒說什麼。將近山頂的「睡獅庵」我問了：

「就是這裡啊？」

「是囉，我們到了！」挑擔領路的腳伕說。

我問母親：

「是叫尼姑做道場啊？」

母親說：

「不噢，這裡的當家和尚是個大法師，這一帶八十二個大小寺廟都是他領的呢。」

我更詫異了：

「那，怎麼住在庵裡呢？睡獅庵！」

母親也愣了，繼而曼聲說：

「大概，總是……搬過來的吧。」

庵門也平常，一入內，氣象十分恢宏：頭山門，二山門，大雄寶殿，齋堂，禪房，客舍，儼然一座尊榮古剎，我目不暇給，忘了「庵」字之謎。

我家素不佞佛，母親是為了祭祖要焚「疏頭」，才來山上做佛事。「疏頭」者現在我能解釋為大型經懺「水陸道場」的書面總結，或說幽冥之國通用的高額支票、贖罪券。陽間出錢，陰世受惠——眾多和尚誦經叩禮，布置十分華麗，程序更是繁縟得如同一場連本大戲。於是燈燭輝煌，香煙繚繞，梵音不輟，卜晝卜夜地進行下去，說是要七七四十九天才功德圓滿。

當年的小孩子，是先感新鮮有趣，七天後就生煩厭，山已玩夠，素齋吃得望而生畏，那關在庵後山洞裡的瘋僧也逗膩了。心裡兀自抱怨：超度祖宗真不容易。

我天天吵著要回家，終於母親說：

「也快了，到接『疏頭』那日子，下一天就回家。」

那日子就在眼前。喜的是好回家吃葷、踢球、放風箏，憂的是駝背老和尚來關照，明天要跪在大殿裡捧個木盤，手要洗得特別清爽，捧著，靜等主持道場的法師念「疏頭」——我發急：

「要跪多少辰光呢？」

「總要一支香菸工夫。」

「什麼香菸？」

「喏，金鼠牌，美麗牌。」

還好，真怕是佛案上的供香，那是很長的。我忽然一笑，那傳話的駝背老和尚一定是躲在房裡抽金鼠牌美麗牌的。

接「疏頭」的難關捱過了，似乎不到一支香菸工夫，進睡獅庵以來，我從不跪拜。所以捧著紅木盤屈膝在袈裟經幡叢裡，渾身發癢，心想，為了那些不認識的祖宗們，要我來受這個罪，真冤。然而我對站在右邊的和尚的吟誦發生了興趣。

「……唉吉江省立桐桑縣清風鄉二十唉四度，索度明王侍耐唉嗳啊唉押，唉嗳……」

我又暗笑了，原來那大大的黃紙摺成的「疏頭」上，竟寫明地址呢，可是「二十四度」是什麼？是有關送「疏頭」的？還是有關收「疏頭」的？真的有陰間？陰間也有緯度嗎……因為胡思亂想，就不覺到了終局，人一站直，立刻舒暢，手捧裝在大信封裡蓋有巨印的「疏頭」，奔回來向母親交差。我得意地說：

「這疏頭上還有地址，吉江省立桐桑縣清風鄉二十四度，是寄給閻羅王收的。」

沒想到圍著母親的那群姑媽舅媽姨媽們大事調侃：

「哎喲！十歲的孩子已經聽得懂和尚念經了，將來不得了啊！」

「舉人老爺的得意門生嘛！」

「看來也要得道的，要做八十二家和尚廟裡的總當家。」

母親笑道：

「這點原也該懂，省縣鄉不懂也回不了家了。」

我又不想逞能，經她們一說，倒使我不服，除了省縣鄉，我還能分得清寺廟院殿觀宮庵呢。

回家囉！

腳夫們挑的挑，掮的掮，我跟著一群穿紅著綠珠光寶氣的女眷們走出山門時，回望了一眼——睡獅庵，和尚住在尼姑庵裡？庵是小的啊，怎麼有這樣大的庵呢？這些人都不問問。

家庭教師是前清中舉的飽學鴻儒，我卻是塊亂點頭的頑石，一味敷衍度日。背書，作對子，還混得過，私底下只想翻稗書。那時代，尤其是我家吧，「禁書」的範圍之廣，連唐詩宋詞也不准上桌，說：「還早。」所以一本《歷代名窯釋》中的兩句「雨過天青雲開處，者般顏色做將來」，我就覺得清新有味道，琅琅上口。某日對著案頭一只青瓷水盂，不覺漏了嘴，老夫子竟聽見了，訓道：「哪裡來的歪詩，以後不可吟風弄月，喪志的呢！」一肚皮悶聲的怨氣，這個暗薹薹的書房就是下不完的雨，晴不了的天。我用中指蘸了水，在桌上寫個「逃」，怎麼個逃法呢，一點策略也沒有。呆視著水漬乾失，心裡有一種酸麻麻的快感。

我怕作文章，出來的題是「大勇與小勇論」，「蘇秦以連橫說秦惠王而秦王不納論」。現在我才知道那是和女人纏足一樣，硬要把小孩的腦子纏成畸形而後已。我只好瞎湊，湊一陣，算算字數，再湊，有了一百字光景就心寬起來，湊到將近兩百，「輕舟已過萬重山」。等到卷子發回，朱筆圈改得「人面桃花相映紅」，我又羞又恨，繼而又幸災樂禍，也好，老夫子自家出題自家做，我去其惡評謄錄一遍，備著母親查看——母親閱畢，微笑道：「也虧你胡謅得還通順，就是欠警策。」我心中暗笑老夫子被母親指為「胡謅」，沒有警句。

滿船的人興奮地等待解纜起篙，我忽然想著了睡獅庵中的一只碗！

在家裡，每個人的茶具飯具都是專備的，弄錯了，那就不飲不食以待更正。到得山上，我還是認定了茶杯和飯碗，茶杯上畫的是與我年齡相符的十二生肖之一，不喜歡。那飯碗卻有來歷——我不願吃齋，老法師特意贈我一只名窯的小盂，青藍得十分可愛，盛來的飯，似乎變得可口了。母親說：

「畢竟老法師道行高，摸得著孫行者的脾氣。」

我又誦起：「雨過天青雲開處，者般顏色做將來。」母親說：

「對的，是越窯，這只叫盌，這只色澤特別好，也只有大當家和尚才拿得出這樣的寶貝，小心摔破了。」

每次餐畢，我自去泉邊洗淨，藏好。臨走的那晚，我用棉紙包了，放在枕邊。不料清晨被催起後頭昏昏地盡呆看眾人忙碌，忘記將那碗放進箱籠裡，索性忘了倒也是了，偏在這船要起篙的當兒，驀地想起：

「碗！」

「什麼？」母親不知所云。

「那飯碗，越窯盌。」

「你放在哪裡？」

「枕頭邊！」

母親素知凡是我想著什麼東西，就忘不掉了，要使忘掉，唯一的辦法是那東西到了我手上。

「回去可以買，同樣的！」

「買不到！不會一樣的。」我似乎非常清楚那盌是有一無二。

「怎麼辦呢，再上去拿。」母親的意思是：難道不開船，派人登山去庵中索取——不可能，不必想那碗了。

我走過正待抽落的跳板，登岸，坐在繫纜的樹樁上，低頭凝視河水。

滿船的人先是愕然相顧，繼而一片吱吱喳喳，可也無人上岸來勸我拉我，都知道只有母親才能使我離開樹樁。母親沒有說什麼，輕聲吩咐一個船夫，那赤膊小夥子披上一件棉襖三腳兩步飛過跳板，上山了。

杜鵑花，山裡叫「映山紅」，是紅的多，也有白的，開得正盛。摘一朵，吮吸，有蜜汁沁舌——我就這樣動作著。

船裡的吱吱喳喳漸息，各自找樂子，下棋、戲牌、嗑瓜子，有的開了和尚所賜的齋佛果盒，叫我回船去吃，我搖搖手。這河灘有的是好玩的東西，五色小石卵，黛綠的螺螄，青灰而透明的小蝦……心裡懊悔，我不知道上山下山要花這麼長的時間。

鷓鴣在遠處一聲聲叫。夜裡下過雨。

是那年輕的船夫的嗓音——來囉……來囉……可是不見人影。

他走的是另一條小徑，兩手空空地奔近來，我感到不祥——碗沒了！找不到，或是打破了。

他憨笑著伸手入懷，從斜搭而繫腰帶的棉襖裡，掏出那只盌，棉紙濕了破了，他臉上倒沒有汗——我雙手接過，謝了他。捧著，走過跳板……

一陣搖晃，漸聞櫓聲欸乃，碧波像大匹軟緞，蕩漾舒展，船頭的水聲，船梢搖櫓者的斷續語聲，顯得異樣地寧適。我不願進艙去，獨自靠前舷而坐。夜間是下過大雨，還聽到雷聲。兩岸山色蒼翠，水裡的倒影鮮活閃爍，迎面的風又暖又涼，母親為什麼不來。

河面漸寬，山也平下來了，我想把碗洗一洗。

人多船身吃水深，俯舷即就水面，用碗舀了河水順手潑去，陽光照得水沫晶亮如珠……我站起來，可以潑得遠些——一脫手，碗飛掉了！

那碗在急旋中平平著水，像一片斷梗的小荷葉，浮著，氽著，向船後漸遠漸遠……

望著望不見的東西——醒不過來了。

對母親怎說……那船夫。

母親出艙來，端著一碟印糕艾餃。

我告訴了她。

「有人會撈得的，就是沉了，將來有人會撈起來的。只要不碎就好——吃吧，不要想了，吃完了進艙來喝熱茶……這種事以後多著呢。」

最後一句很輕很輕，什麼意思？

現在回想起來，真是可怕的預言，我的一生中，確實多的是這種事，比越窯的盌，珍貴百倍千倍萬倍的物和人，都已一一脫手而去，有的甚至是碎了的。

那時，那浮氽的盌，隨之而去的是我的童年。

夏明珠

夏明珠綽號「夜明珠」，
這次回鄉，自然成了新聞。

在我父親的壯年時代，已婚的富家男主，若有一個外室，輿論上認為是「本分」的。何況世傳的邸宅坐落於偏僻的古鎮，父親經營的實業，卻遠在繁華的十里洋場；母親、姊姊、我，守著故園，父親一人在大都市中與工商同行周旋競爭，也確是需要有個生活上社交上的得力內助，是故母親早知夏明珠女士與父親同居多年，卻從不過問，只是不許父親在她面前作為一件韻事談。

寒假，古鎮的雪，廟會的戲文，在母親的身邊過年多快樂。暑假，我和姊姊乘輪船，搭火車，來到十里洋場，父親把我們安頓在他作為董事長的豪華大旅館中。姊姊非常機靈，而且勇敢，摸熟了旅館附近的環境後，帶著我，不斷地擴大遊樂的範圍。旅館中上自經理下至僕歐，悉心照料衛護姊弟二人，任何東西開口即得，就怕我們不開口。父親似乎知道不會失事出事，他也沒有餘暇來管束我們，倒是夏女士，時常開車來接我們去她的別墅共餐，問這問那，說到融洽處，要我們叫她「二媽」，我和姊姊笑而不語了——母親並沒有叮囑什麼，是我們自己不願如此稱呼。她的西方型的美貌、瀟灑的舉止、和藹周致的款待，都使人心折，但我們只有一個母親，沒有第二個。而且她一點也不像個母親，像朵花，我和姊姊背地裡叫她「交際花」，吐吐舌頭，似乎這是不應該說出聲來的。姊姊告訴我夏女士是「兩江體專」高材生，「高材生」我懂，就是前三名，總平均九十分以上的。「兩江體專」是什麼？只在故事裡聽見過「兩江總督」。姊姊說，浙江江蘇兩省聯名合辦的體育專科學校，夏女士是游泳明星、網球健將。我聽了，不禁升起了敬意，可是這敬意又被夏女士的另一稱號所沖淡：姊姊說旅館斜對面不是有一家很大很大的理髮廳嗎，夏女士，她就是「白玫瑰理髮廳」的老闆娘，「老闆娘」，我討厭。所以每見夏女士，便暗中癡癡忖度，她一舉一動，一顰一笑，哪些是「老闆娘」，哪些是「運動健將」，愈辨愈糊塗，受夠了迷惘的苦楚。姊姊說，管她呢，反正我吃她給我的五香鴨肫肝，穿她給我的喬奇紗裙子，還不是爸爸的錢。我也吃鴨肫肝，我穿背帶褲，白亮皮高統靴，還不是爸爸的錢。（那是夏女士陪我們去挑選的，訂製的，如果我們自己去，店家哪會這樣殷勤，兩次三次試樣，送到旅館裡來。）奇怪的是，一進店，她就說：「你喜歡這種皮靴，是嗎？」我高興地反問：「您怎會知道？」「很神氣，像個小軍官。」我非常佩服了，她與我想的一樣。姊姊的心意也被猜中，她是小小舞蹈家，薄紗的舞衣，一件一件又一件，簡直是變魔術，使我自怨不是女孩子，因此我走起路來把靴跟敲得特別響，我不能軟軟地舞，在路上，那是我神氣得多了。

假期盡頭，父親給我們一大批文具、玩具、糖果、餅乾，還有一箱給媽媽的禮物，說：

「對不起，我一直沒有陪你們玩，怎麼樣，過得好不好？」

「還不錯。」我答。

「什麼叫還不錯？」

「還可以。」我解釋。

「不肯說個好字麼？」

「還好。」我說。

姊姊接口道：

「很好，我和弟弟一直很快樂。」

爸爸吸雪茄，坐下：

「回去媽媽問起來，你們才該說『還好』，懂嗎？」

「我們知道的。」姊姊回答了，我就點點頭。

爸爸把我拉到他胸口，親親我，低聲：

「你生我的氣，所以我喜歡你。」

歸途的火車輪船中，我們商量了：媽媽一定會問的，哪些該講，哪些就不講，賽馬、跑狗、溜冰、卓別林、海京伯——講；別墅裡的水晶吊燈、銀檯面、夏女士唱歌、彈琴、金剛鑽項鍊——不講；波斯地毯、英國笨鐘、撒尿的大理石小孩，也不講，理髮廳？媽媽來時也住這旅館，也會到那裡理髮廳去，可是媽媽不會問「你們老闆娘是誰」，我同意姊姊的判斷。兩個孩子雖然不懂道德、權謀，卻憑著本能：既要做母親的忠臣，又不做父親的叛徒。

到家後，晚上母親開箱，我和姊姊都驚歎怎麼一只箱子可以裝那麼多的東西，看媽媽試穿衣服最開心。我心裡忽一閃，是夏女士買的；還有整套的化妝品，像是外科醫生用的。另外，一瓶雀斑霜，我問：「媽媽你臉上沒有雀斑呀？」

母親伸給我一隻手：

「喏，也奇怪，怎麼手背上有雀斑了，最近我才發現的呵。」

孩子的概念是：暑假年年有，爸爸年年歡迎我們去，媽媽年年等著我們回，一切像客堂裡的橢圓紅木桌，天長地久，就這樣下去下去。哪知青天霹靂，父親突然病故，是在太平洋戰爭爆發的前一年。從此家道中落，後來在顛沛流離的戰亂中，母親常自言自語：

「也好，先走了一步，免受這種逃難的苦。」

父親新喪不久，夏女士回到這古老的鎮上來了——她原是本地人，父母早亡，有三個兄弟，都一無產業二無職業，卻衣履光鮮，風度翩翩。鎮上人都認為是個謎，謎底必然是罪惡的。夏明珠綽號「夜明珠」，這次回鄉，自然成了新聞，說是夜明珠被敲碎了，亮不起來哉。

我父親亡故後，她厄運陡起，得罪洋場的一個天字號女大亨，霎時四面楚歌，憋不過，敗陣回歸。從家具、鋼琴也運來這點看，她準備長住——像她那樣風月場中金枝玉葉的人，古鎮與她不配。她也早為古鎮的正經人所詬誶謠諑，認為她有辱名城。所以，據說夏明珠確是深居簡出，形如掩臉的人。當時消息傳入我家，母親輕輕說了句：

「活該。」

母親不以為夏明珠會看破紅塵，而是咎由自取，落得個慘澹的下場，抬不起頭來。

夏女士幾次託人來向我母親懇求，希望歸順到我家，並說她為我父親生下一女，至少這孩子姓我們的姓。母親周濟了錢物，那兩個請願，始終是凜然回絕的。有一次受夏女士之託的說客言語失當，激怒了母親，以致說出酷烈的話：

「她要上我家的門，前腳進來打斷她的前腳，後腳進來打斷她的後腳。」

我在旁聽了也感到寒慄，此話不僅詞意決絕，而且把夏女士指為非人之物了。

說客狼狽而去，母親對姊姊和我解釋：

「我看出你們心裡在可憐她，怪我說得粗鄙了。你們年紀小，想不到如果她帶了孩子過門來，她本人，或許是老了，能守婦道像個人，女孩呢，做你們妹妹也是好的。可是夏家的三兄弟是什麼腳色，三個流氓出入我家，以舅爺自居，我活著也難對付，我死了你姊弟二人將落到什麼地步。今天的說客，還不是三兄弟派來的，我可只能罵她哪。」

我的自私、自衛本能，加上我所知的那三兄弟奇譎的惡名，聽了母親這段話，彷彿看到了三隻餓鷹撲向兩隻小雞，母雞毛羽張豎，奮起搏鬥——我不怪詩禮傳家的母親的忽然惡語向人了。

太平洋戰爭爆發後，轉輾避難，居無定所。苦苦想念故園，母親決定帶我們潛回老家，住幾天，再作道理，心意是倘若住得下來，就寧願多花點代價擔點風險，實在不願再在外受流離之苦了。

當時古鎮淪於日本法西斯軍人之手，局面由所謂「維持會」支撐著。我們夤夜進門，躲在樓上，不為外人所知，只有極少幾個至親好友，祕密約定，上樓來一敘鄉情。入夜重門緊鎖，我和姊姊才敢放聲言笑，作整個邸宅的舊地重遊，比十里洋場還好玩，甚而大著膽子闖進後花園，亭台樓閣，假山池塘，有明月之光，對於我們來說，與白晝無異。實在太快樂，應該請母親來分享。

暢遊歸樓，汗涔涔氣喘喘，向母親描述久別後的花園是如何如何的好，媽媽面露笑容，說：

「倒像是偷逛了御花園了，明夜我也去，帶點酒菜，賞月。」

洗沐完畢，看見桌上擺著《全唐詩》，母親教我們吟誦杜甫的五言七言，為了使母親不孤獨，我們皺起眉頭，裝出很受感動的樣子。母親看了我們幾眼，把詩集收起，捧來點心盒子——又吃到故鄉特產琴酥、姑嫂餅了，那是比杜甫的詩容易體味的。

這一時期，管家陸先生心事重重，早起晏睡，門鈴響，他便帶著四名男僕，親自前去問答。如果他要外出辦事，了解社會動態，他總是準時回返，萬一必須延遲，則派人趕回說明，怕母親急壞了。

自從夏末潛歸，總算偷享了故園秋色，不覺天寒歲闌，連日大雪紛飛。姊姊病了，我一人更索然無緒，槍聲炮聲不斷，往時過新年的景象一點也沒有，呆坐在姊姊的床邊，聽她急促的呼吸，我也生病躺倒算了。

一日午後，陸先生躡上樓梯，向我招招手，我悄然逸出房門，隨他下樓——夏明珠死了！怎麼會呢？陸先生目光避開，側著頭：

「我要向你母親說。」

「不行，你詳細告訴我，我知道該怎麼說。」

「應該我來說，而且還有事要商量。你上去，等你母親午睡起身，盥洗飲茶過後，你到窗口來，我等在天井的花壇旁邊。」

我上樓，母親已在盥洗室，等她一出，我便說陸先生有事要商談，母親以為仍舊是辦年貨送禮品的事，喃喃：「總得像個過年。」

我開窗走上陽台，向兀立在雪中的陸先生揮手。陸先生滿肩雪花地快步上樓，一反往常的寒暄多禮，開口便說：

「昨天就知道夏明珠女士被日本憲兵隊抓去，起因是琴聲，說是法國〈馬賽曲〉，憲兵隊長一看到她，就懷疑是間諜，那翻譯纏夾不清，日本人故意用英語審問，她上當了，憑她一口流利的英語為自己辯護，加上她的相貌，服裝異乎尋常的歐化，日本人認定她是潛伏的英美間諜，嚴刑逼供。夜裡，更糟了，要汙辱她，夏女士打了日本人一巴掌，那畜生拔刀砍掉了她的手，夏女士自知無望，大罵日本侵略中國，又是一刀，整隻臂膊劈下來……我找過三兄弟，都逃之夭夭……她的屍體，拋在雪地裡——我去看過了，現在是下午，等天黑，我想……」

我也去……陸先生想去收屍，要我母親作主，我心裡倏然決定，如果母親反對，我就跪下，如果無效，我就威脅她。

我直視母親的眼睛，她不迴避我的目光，清楚看到她眼裡淚水湧出——不必跪了，我錯了，怎會有企圖威脅她的一念。

母親鎮靜地取了手帕拭去淚水，吩咐道：

「請陸先生買棺成殮，能全屍最好，但事情要辦得快。你去訂好棺材，天一黑，多帶幾個人，先探一探，不可莽撞，不能再出事了。」

我相信陸先生會料理妥善，他也急於奉命下樓，母親說：

「等著。」她折入房內，我以為是取錢，其實知道財務是由陸先生全權經理的。

母親捧來一件灰色的長大衣，一頂烏絨帽：

「用這個把她裹起來，頭髮塞進帽裡，墊衾和蓋衾去店家買，其他的，你見得多，照規矩辦就是。還有，不要停柩，隨即葬了，葬在我家祖墳地上，不要平埋，要墳墩，將來補個墓碑。」

當時姊姊病重，母親不許我告訴她，說：

「等你們能夠外出時，一同去上墳。」

夏女士殮葬既畢，母親要陸先生尋找那個希望作為我妹妹的女孩。

數日之後，回覆是：已被賣掉，下落不明。

空房

一排三間，
兩間沒門，
垩壁斑駁，
空空如也。
最後一間有板扉虛掩。

山勢漸漸陡了，我已沁汗，上面有座教堂，去歇一會，是否該下山了。

戰爭初期，廢棄的教堂還沒有人念及。神龕、桌椅都早被人拆走，聖像猶存，灰塵滿面，另有一種堅忍卓絕的表情。那架鋼琴還可彈出半數嘶啞的聲音，如果專為它的特性作一曲子，是很奇妙的。

有什麼可看呢，今天為什麼獨自登山呢，冬天的山景真枯索，溪水乾涸，竹林勉強維持綠意。

穿過竹林，換一條路下山。

峰迴路轉出現一個寺院，也許有僧人，可烹茶——因為討厭城裡人多，才獨自登山，半天不見人，哪怕是一個和尚也可以談談哪。

門開著，院裡的落葉和殿內的塵埃，告知我又是一個廢墟。這裡比教堂有意思，廊廡曲折，古木參天，殘敗中自成蕭瑟之美。正殿後面有樓房，叫了幾聲，無人應，便登樓窺探——一排三間，兩間沒門，堊壁斑駁，空空如也。最後一間有板扉虛掩，我推而趕緊縮手——整片粉紅撲面襲來，內裡的牆壁是簇新的櫻花色。感覺「有人」，定睛搜看，才知也是空房，牆壁確是刷過未久，十分勻淨，沒有家具，滿地的紙片，一堆堆柯達膠卷的空匣。我踩在紙片上，便覺著紙片的多了，像地毯，鋪滿了整個樓板。

一、粉紅的牆壁，不是和尚的禪房。

二、一度借住於此的必是年輕人。也許是新婚夫婦。

三、是攝影家，或攝影愛好者。

四、是近期住於此，是不久前離開的。

這些判斷，與戰爭、荒山這兩個時空概念聯繫不起來，戰爭持續了八年，到這裡來避難？有雅興修飾牆壁，玩攝影？山上吃什麼？無錢，住不下去，有錢，豈不怕遭劫？雷馬克似的戰地鴛鴦也不會選擇這麼一個駭人的古寺院。

我撿起紙片——是信。換一處撿幾張，也是信。這麼多的信？頁數既亂，信的程序也亂，比後期荒誕派的小說還難琢磨。然而竟都是一男一女的通款，男的叫「良」，良哥，我的良，你的良。女的叫「梅」，梅妹，親愛的梅，永遠的梅。所言皆愛情，不斷有波折，知識程度相當於文科大學生。

我苦惱了，發現自己坐在紙堆上被跳蚤咬得兩腿奇癢難熬，那麼多的跳蚤，更說明這裡住過人。我被這些信弄得頭昏腦脹，雙頰火熱——橙紅的夕陽照在窗櫺上，晚風勁吹枯枝，趕快下山才是道理。

檢視了牆面屋角，沒有血跡彈痕。窗和門也無損傷。所有的膠卷匣都無菲林。全是信紙，不見一只信封。是拍電影布置下的「外景」？也不對，信的內容有實質。我不能把這些信全都帶走，便除下圍巾紮了一大捆，又塞幾只膠卷匣在袋裡。急急下樓，繞寺院一周，沒有任何異象。四望不見村落人家，荒涼中起了恐怖，就此像樵夫般背了一大捆信下山了。

連續幾天讀這些信，紛然無序中還是整出個梗概來：良與梅相愛已久，雙方家庭都反對，良絕望了，屢言生不如死，梅勸他珍重，以前程事業為第一，她已是不久人世的人——其他都是濃烈而空洞的千恩萬愛。奇怪的是兩人的信尾都但具月日，不記年份，其中無一語涉及戰禍動亂，似乎愛情與時間與戰爭是不相干的。畢竟不是文學作品，我看得煩膩起來。

又排列了一下：

一、假定兩人曾住在這寺院中，那麼離去時怎捨得剩下信件。

二、如若良一個人曾在這裡，那麼他寄給梅的信怎會與梅寄給他的信散亂在一起。

三、要是梅先死，死前將良給她的信悉數退回，那麼良該萬分珍惜這些遺物，何致如此狼藉而不顧。

四、如果良於梅死後殉了情，那麼他必定事前處理好了這些東西。豈肯貽人話柄。

五、倘係日本式的雙雙墜崖、跳火山，那麼他總歸是先焚毀了書信再與世決絕的，這才徹底了卻塵緣。

六、除非良是遭人謀害，財貨被洗劫，只剩下無用之物，那麼盜賊怎會展閱大量的情書，而且信封一個不存？

七、要說良是因政治事件被逮捕，那麼這些信件是有偵查上的必要，自當席捲而去。

當時我年輕，邏輯推理不夠用，定論是：我撿到這些紙片時，良和梅是不在世界上了。後來我幾次搬家，這捆信就此失落。我也沒有再登山複勘這個現場。報紙上沒有一件謀殺盜竊案中有「良」和「梅」和那個寺院的情節牽涉。名字中有「良」或「梅」的男女遇見很多，都顯然與此二人情況不符。

時間過去了數十年，我還記得那推開虛掩的板扉時的一驚，因為上山後滿目荒涼枯索的冬日景象，廢棄的教堂和寺院彷彿戰後人類已經死滅，手推板扉忽來一片勻淨的櫻紅色——人：生活……白的淡藍的信紙、黃得耀眼的柯達匣子，春天一樣親切，像是見到了什麼熟友。

還有那些跳蚤，牠們咬過「良」，也可能咬過「梅」，有詩人曾描寫一個男人和一個女人的血，以跳蚤的身體為黑色的殿堂，藉此融合，結了婚，真是何等的精緻悲慘——我的血也被混了進去，我是無辜的，不是良和梅的證婚人。

為了紀念自己的青年時代，追記以上事實。還是想不通這是怎麼一回事——只是說明了數十年來我毫無長進。

芳芳 NO.4

她不虛偽，也不做作。
但淡泊、膽怯、明哲保身，
是她的特徵。

芳芳是姪女的同學，姪女說了幾次，便帶她來看我了。明顯的羞怯，人也天生纖弱，與姪女的健朗成了對比。她們安於樂於對比，不用我分心作招待，要來則來，要去則去，芳芳也成了熟客。算是我非正式的學生，都學鍵盤，程度不低。

我是小叔，姪女只比我幼四歲，三人談的無非是年輕人才喜歡的事。雖然男女有別，她們添置衣履，拉我一同去品評選擇，這家那家隨著轉——這就叫作青年時代。

丁琰是男生，琴彈得可以，進步不快，每星期來上兩課。愛了芳芳，我早就感覺到有這回事。

夏天姪女考取了中央音樂院，又哭又笑地北上了，芳芳落第，閒在家。說想工作。

芳芳仍舊時常來，不知是丁琰約她的，還是她約丁琰的。課畢，盡由他們談去，我總有什麼事夠我小忙小碌的。

再到夏天，丁琰為上海音樂學院錄取，我也快樂，他與芳芳作伴來，一起聽音樂、做點心，不上課了，拉扯些新鮮掌故。姪女南歸，住在我家，更熱鬧，誰也不知道芳芳不愛丁琰。

姪女對我說：

「其實並沒有什麼，她一點也不喜歡他。那些信，熱度真高，愈高愈使芳芳笑，全給我看了。」

「不能笑，你們笑什麼，我倒怪芳芳不好。以後你不可以看信。丁琰氣質不錯，也許，吃虧在於不漂亮，是嗎？」

「問我？他又沒有寫信給我。」

「你們是不是笑他太瘦長，至少脖子太細？」

「好像你聽見一樣。芳芳是隨便怎樣也不會像丁琰想的那樣的。」

平心而論，芳芳也不漂亮，也過分清癯，不知修飾，只是眉眼秀潤——未免自視過高。

丁琰確是因為明悉了芳芳的全然無情而病了，病起之日，對我說：

「一場夢，不怨也不恨，上了想像力的當。」

我很喜歡他的朗達，誇獎道：

「教過你鋼琴，沒教過你這些，無師自通，到底不是十九世紀的夜鶯了。」

我的話，反使他雙目瀅然，可見他是真的單獨愛了好一陣——使我想起自己的某些往事。

不知芳芳要避開丁琰還是急於獨立生活，她也去京城，進了某家出版社當校對。丁琰很少來，我家顯得冷清。另有些客人，是另一回事。

常有芳芳的信，信封信箋精美別致，一手好字，娟秀流利，文句也靈巧，靈巧在故意亂用成語典故，使意象捉摸不定，搖曳生姿。如果不識其人，但看其信，以為她是個能說會道的佳人。如果這些俏皮話不是用這樣的筆跡來寫，一定不會如此輕盈。什麼時候練的字？與其人不相稱，她舉止頗多僵澀，談吐亦普普通通，偏在信上妙語連珠。我回信時，應和她的風調，不古不今，一味遊戲。好在沒有「愛」的顧慮。我信任「一見鍾情」，一見而不鍾，天天見也不會鍾。丁琰來時，問起芳芳，把信給他看，一致評價她的好書法。

信來信往，言不及義的文字遊戲，寫成了習慣似的。某年秋天，我應邀作鋼琴演奏比賽的評判，便上了京城，事先致函姪女和芳芳，不料即來覆示，各要代購春裝冬裝，男人去買女裝已是尷尬，尺寸不明，來個「差不多」買下帶走便是。

當她倆試穿時，居然表示稱心如意。我說：

「以後別叫我辦這種事。」

評判的事呢，做個聽眾還不容易，大家說好，我就點點頭，說差勁，我又點頭，反正我的學生都沒來參加比賽，我完全「放鬆」，背地裡有人說我穩健持重，城府深——他們沒有看見我和姪女、芳芳，三小無猜，大逛陶然亭兒童公園，坐滑梯，盪秋千之後，吃水餃比賽，我榮獲第一名。

那年在京城，別的都忘個冥冥濛濛，只記得當時收到一封本埠信，芳芳的，其中有句：

「想不到昨天你戴了這頂皮帽竟是那樣的英俊！」

很不高興她用這種語調來說我，所以後來見面，換了一頂帽子。

沒有中斷通信，不過少了，而且是從安徽寄來的，芳芳下放到農村去勞動，字裡行間，不見俏皮，偶然夾一句「似水流年，如花美眷……」我笑不出，我在城市中也無非是辛苦逐食，哪有閒情逸致可言。這樣又是兩年過去。

芳芳家在上海，終於可以回來度春節，似乎是延期了。一個下午，突然出現，說是到家已一個多星期。她不奇怪，我可奇怪得發呆——換了一個人？我嘴裡是問長問短，眼和心卻兀自驚異她的興旺發達，膚色微黑泛紅，三分粗氣正好沖去了她的纖弱，舉止也沒有原來的僵澀，尤其是身段，有了鄉土味的婀娜。我這樣想：長時的勞作，反使骨肉停勻，回家，充足的睡眠、營養，促成了遲熟的青春，本是生得嬌好的眉目，幾乎是顧盼曄然，帶動整個臉……無疑是位很有風韻的人物。我們形成了另一種融洽氣氛，似乎都老練得多。她言談流暢，與她娟秀流利的字跡比較相稱了。

她是不知道的，我卻撇不開地留意她的變化，甚至不無遺憾地想：如果當年初次見面，就是這樣的一個人……

在愛情上，以為憑一顆心就可以無往而不利，那完全錯！形象的吸引力，慘酷得使人要搶天呼地而只得默默無言。由德行，由哀訴，總之由非愛情的一切來使人給予憐憫、尊敬，進而將憐憫尊敬擠壓成為愛，這樣的酒醉不了自己醉不了人，這樣的酒酸而發苦，只能推開。也會落入推又推不開喝又喝不下的困境。因此，不是指有目共睹，不是指稀世之珍，而說，我愛的必是個有魅力的人。醜得可愛便是美，情侶無非是別具慧眼別具心腸的一對。甚至，還覺得「別人看不見，只有我看得見」，驕傲而穩定，還有什麼更幸福。

我迅即趨於冷靜。相識已五年，儘管通過許多言不及義的俏皮信，芳芳的心向我是不知究竟的，只看到她不虛偽，也不做作。但淡泊、膽怯、明哲保身，是她的特徵。我曾幾次去過她家，感到她對父母、弟妹，都用二分之一四分之一的心。她對音樂、文學，也懶散、游離——與其說她從不做全心全意的事，不如說上帝只給她二分之一四分之一的心。這個小小的宿命論，也就使我平下來，靜下來。

本埠信——芳芳的老作風，善於說話貼郵票的。

這信……重讀一遍，再讀一遍，從驚悅到狂喜。結束時，她寫道：「……即使不算我愛你已久，但奉獻給你，是早已自許的，怕信遲到，所以定後天（二十四日），也正好是平安夜，我來，耶誕節也不回去。就這樣，不是見面再談，見面也不必談了，我愛你，我是你的，後天，晚六點正，我想我不必按門鈴。」

以我的常規，感到有傷自尊，她就有這樣的信念，平安夜耶誕節一定是賦予她的？她愛我，不等於我愛她。我豈非成了受命者。赴約，她是赴自己的約，說了「我是你的」，得讓我也說「我是你的」，就不讓我說？就這樣？

當時全沒有意識到這些，只覺得事出非常，與我多年來認知的芳芳顯然不符，她矜持、旁觀。不著邊際、怕水怕火，凡事淺嘗即止——驟爾果斷熾烈、大聲疾呼……這些疑惑反而強化了我的歡慶，我狀如勝利者，幾乎在抱歉了，我有什麼優越性使她激動如此？

分別婉謝了其他朋友的聖誕邀請。清理客廳臥房浴室，所謂花、酒、甜品、鹹味……

是六點正，是她，是不必按門鈴。

並未特別打扮，眼神、語氣、笑容，一如往常，所以這頓晚餐也澹靜無華，茫然於晚餐之後談什麼，就像是飲茶抽菸到深夜，照例送她上車回家。

亞當、夏娃最初的愛是發生於黑暗中的嗎，一切如火如荼的愛都得依靠黑暗的嗎，當燈火乍熄，她倏然成了自己信上所寫的那個人，她是愛我的，她是我的，輕呼她的名，她應著，多喚了幾聲，她示意停止，渴於和她說些湧動在心裡的話；然而她渴於睡……其實直到天色微明，都沒有睡著過，我決意裝作醒來，想談話，她卻起身了。

從浴室出來，她坐在椅上望著長垂的窗簾。

我迅速下床，端整早點，又怕她寂寞，近去吻她，被推開了。一點點透過窗簾的薄明的光也使她羞怯麼，我又偎攏——她站起來：

「回去了。」

這時我才正視她冷漠的臉，焦慮立即當胸攫住我：

「不要回去！」

「回去。」

「……什麼時候再來？」

她搖搖頭。

「為什麼？」

「沒什麼。」

「我對不起你？」

「好了好了。」

也不要我送她，逕自開門，關門，下樓。

耶誕節早晨六時缺五分。

能設想醉後之悔厭，或醉醒後一時之見的決意絕飲。我不以為她的幸福之感是荒誕無稽，也不以為她錯了或我錯了，即使非屬永約，又何必絕然離去。

兩天無動靜，去她家，說回安徽了，這是明的暗示。春節後，知道她已北上。不知是誰告訴我的。

我沒有得到什麼。她沒有失去什麼。她沒有得到什麼。我沒有失去什麼，最恰當的比喻是：夢中撿了一隻指環，夢中丟了一隻指環。

是個謎，按人情之常，之種種常，我猜不透，一直痛苦，擱置著，猜不下去。

因為猜不下去才痛苦……再痛苦也猜不下去——是這樣，漸漸模糊。

大禍臨頭往往是事前一無所知。「十年浩劫」的初始兩年，我不忍看也得看音樂同行接二連三地倒下去，但還沒有明確的自危感——突然來了，什麼來了？不必多說，反正是活也不是死也不是的長段艱難歲月。我右手斷兩指，左手又斷一指——到此，「浩劫」也算結束。又坐在什麼比賽的評判席上。是「否極泰來」的規律嗎，我被選為本市音樂家協會的祕書長，陡地賓客盈門，所見皆笑臉，有言必恭維。家還是住在老地方，人還是一個，每天還是有早晨有黃昏。

黃昏，門鈴，已聽出芳芳的嗓音——十四年不見。

頭髮斑白而稀薄，一進門話語連連，幾乎聽不清說什麼，過道裡全是她響亮的嗓音，整身北方穿著，從背後看更不知是誰。引入客廳，她坐下，我又開一盞燈，她的眉眼口鼻還能辨識，都萎縮了，那高高的起皺的額角，是從前所沒有的。外面下著細雨，江南三月，她卻像滿臉灰沙，枯瘦得，連那衣褲也是枯瘦的。

她不停地大聲說話，我像聽不懂似的望著她高高的額角，有什麼法子使她稍稍復原，慢慢談，細細談。

她在重複著這些：

「……要滿十年才好回來，兩個孩子，男的，現在才輪到啊，輪到我回上海……他不來，哈爾濱，他在供銷社，採購就是到處跑，我管帳，也忙，地址等忽兒寫給你，來信哪，我找到音樂會，噢不，音樂協會去了，一回家，弟妹說你是上海三大名人，看報知道的，報上常常有你的名字，你不老，還是原來那樣子，怎麼不老的呢……就是嘛，要十年，不止十年了，安徽回去，不要了，到過長春瀋陽，總算落腳在哈爾濱，大的八歲，小的六歲了，他要個女兒，我是夠了，我妹妹想跟了來，我說上火車站……」

沖了茶，她不等我放在几上，起身過來接了去，北方民間的喝法，吸氣而呷，發出極響的水聲，而語聲隨之又起：

「你是三大名人，昨天，是昨天找到你協會，看門的把地址告訴我。其實我來過的，以為你早搬家了，我以為你在運動中早就死了，死了多少人哪，我也換了好幾個地方，大連待過半年，你是一點不老，還是那樣子，奇怪頭髮都不白，看門的說要找你得快，你馬上要出國，是嗎，英國？法國？還回來？我看你不回來了？你不老，昨天沒有空，今天一天又買東西，我也就要走了，今兒晚上非得找到。到門口還擔心，哎，茶，我自己來……」

想使她靜下來，靜下來才有希望恢復，給她沏茶，端盒糖果，找幾本新版的琴譜，我個人的影集，題了字，延長「幕間休息」，希望她的思緒接通往昔的芳芳，也就是從前的我。可惜門鈴作響，多的是不速之客，進來三位有頭有臉的大男人。芳芳收起我的贈物，把茶呼嚕喝乾：

「不打擾了，走了走了，真高興，總算找到，我走了，你們請坐，請坐，走了。」

請她留個通信處，她是一邊念一邊解釋，一邊寫的。

送她到樓下，門口，她的手粗糙而硬瘠，而走路的速度極快，一下子就在行人中消失，路面濕亮，雨已止歇。

等三位不速之客告辭，我才在燈下細看她的地址，有一點點從前的筆跡，只有我辨得出。

「奇遇」還要來，來的不是人，是信：

「這次能見到你，真是意外，我一直以為你早已被迫害而死，我想，回到上海，家裡人會告訴我有關你的消息，不用問，他們會說的。哪知你還在，還不見老，我真是非常高興，真是不容易的，能活下來，也就不必去多想了，保重身體。

這次我買了船票，到大連再轉火車，安靜些也便宜些。好久不見海了，這渤海雖然不怎麼樣，也遼闊無邊，一人站在甲板上，倚欄遙望，碧浪藍天，白鷗迴翔，我流下眼淚，後悔當初是這樣地離開你，後悔已來不及，所以我更深地後悔，第一次流淚之後，天天流淚。

你到了外國，能寫信給我嗎？謝謝你給我的影集，其中還有我們在北京玩鬧的照片。謝謝你給我的曲譜，我居然還讀懂一些，你寫得真好，很想在琴上併出來聽聽。

如果以後你回國，也請告訴我，知道了就可以了，不會打擾你的。如果你以後到哈爾濱，那請來看看我們一家。

異國異鄉，多多保重身體！祝你萬事如意！」

她在信封、信紙的末尾，又寫了詳細的地址，實在是詫異，說話已經這樣猥瑣嘮叨，怎又寫出這樣的信來，字跡，那是衰敗了，信紙是供銷社的粗糙公箋。

去國前夕，曾發一信，告知啟程日期，所往何國。那不談比談更清楚的一切，我沒有談，只說：

「我也非常高興能重見你，感謝你在天海之間對我的懷念和祝福。我自當回來，會到哈爾濱一遊，以前曾在哈爾濱住過半月，『道裡』比『道外』美，松花江、太陽島更是景色宜人，告訴你的兩個可愛的兒子，有個大伯要見見他倆，一同去蘆葦叢裡打野鴨子……」

在宴會、整裝、辦理手續的日夜忙碌中，芳芳的信使我寧靜……已不是愛，不是德，是感恩心靈之光的不滅。無神論者的苦悶，就在於臨到要表陳這種情懷時，不能像有神論者那樣可以把雙手伸向上帝。我卻只能將捧出來的一份感恩，仍舊訕然納入胸臆——沒有誰接受我的感恩。

「奇遇」還有，來的不是信，是一陣風——參觀了倫敦塔後，心情沉重，我一直步行在泰晤士河邊，大風過處，行人衣髮翻飄，我腦中閃出個冰冷的怪念頭：

——如果我死於「浩劫」，被殺或自殺，身敗名裂，芳芳回來時，家裡人作為舊了的新聞告訴她——我的判斷是：

她面上裝出「與己無關」，再裝出「惋惜感歎」，然後回覆「與己無關」。她心裡暗暗忖量：「幸虧我當時走了，幸虧從此不回頭，不然我一定要受株連，即使不死，也不堪設想——我是聰明的，我對了，當時的做法完全對了——好險！」

這個怪念頭一直跟著我。

久居倫敦的一位中國舊友，曩昔同學時無話不談，他是仁智雙全的文學家，老牌人道主義者。一日酒到半醉，我把前後四個芳芳依次敘述清楚，細節也縝密不漏，目的是要他評價我在泰晤士河畔的風裡得來的怪念頭——他一聽完就接口道：

「你怎麼可以這樣想！」

靜默了片刻，他說：

「明天，明天再談。」

我笑：

「為什麼要到明天，今夜準備為我的問題而失眠？翻那些參考書？」

他也笑：

「把我攪混了，你和芳芳，都是小人物，可是這件公案，是大事。你說蒙田，蒙田也一時答不上，我得想想，怕說錯。」

第二天在咖啡店見面，我友確實認真，開口即是：

「你想的，差不多完全是對的！」他的嗓音高，驚擾了鄰座的兩位夫人，

我趕緊道歉。文學家說：

「你只會道歉，我倒想把這段往事講給她們聽聽呢。」

「噓——歐洲人對這些事是無知的。」

地下室手記

在地牢的時候，
他常想像自己是杜思妥也夫斯基的地下室人。

伊莉莎白・貝勒筆記摘錄

二〇〇〇年九月二十九日。艾萊克斯昨天交給我一項工作：耶魯大學、芝加哥大學和羅森科蘭茲基金會聯合籌辦一位七十歲中國藝術家的畫展，讓我去拜訪他，不是為了他的繪畫，而是了解他的一部手稿的背景，作為畫展的輔助部分。這部手稿難以歸類，可算作小說和回憶錄之間的作品，屬藝術家私人所有，暫存基金會。我看過了原件。

直觀之下，某種舊時的粗質信箋上，密密麻麻寫著極小的字，紙的兩面都書寫，鋼筆字滲過紙背，字跡模糊，年代久了難以辨認。作品沒有分頁，也沒有分章節。我的漢語有限，還是讀了幾段（有些段落可以辨認），被吸引了。普魯斯特式的散文小說？是，又不是。有太多的疑問。數了數，手稿共六十六頁，兩面就是一百三十二頁。寫於一九七一年，地點是上海某個用作囚禁犯人的防空洞。看樣子，要盡快草擬訪問計畫了。

十月十八日。今天正式訪談。他，親和而幽默，文質彬彬的頑童，一眼看出我有義大利血統。我告訴他，我的外祖母來自佛羅倫斯。我們談到但丁、李奧納多……很快就發現，我們西方人對那一段中國的歷史反而所知甚少，近乎無知。初擬的計畫裡我原本想提及：馬克・吐溫《老實人的旅行》裡一些獄中寫作的故事；拜倫的《錫朗的囚徒》；柯勒律治的《地牢》；還有巴士底獄、倫敦塔、太息橋，以此喚醒這位中國藝術家的獄中記憶。這些，幾乎沒有用。和他談話不久我意識到：他被單獨囚禁在防空洞裡十月有餘是事實，但他「入獄」的所有情況超出我的想像。比如，沒有經過法律程序，沒有法庭，沒有起訴，沒有判決，甚至沒有正式的逮捕。誰給他定罪又把他關押的？某某「宣傳隊」。這是什麼機構？為什麼有如此的權力？他耐心給我解釋，我還是不甚了了。需要增加一個調研的課題了。中國人把那個十年稱為「浩劫」（大災難，Great Catastrophe），被隨意關押的人到處都有，罪名，漢語裡有個說法叫「莫須有」。「浩劫」規模很大，涉及關他的地牢，細節已經不可思議：囚禁他的防空洞潮濕至極，早上起來用手在床板上刮一把，全是水；夏季他也必須穿厚厚的棉褲；每天兩次放風，有兩小時可以見到陽光，呼吸外面的空氣。此外的時間，全在黑暗裡，達十月之久；一盞十五瓦的電燈是唯一的照明；每天必須寫「交代材料」，紙、鋼筆、墨水都是關押他的人提供的；他偷偷留下來一些寫他的作品。本來是彈鋼琴的手，被打斷了兩根手指，等等。

為什麼寫這部作品？他說為了活下來。我背出柯勒律治《地牢》裡的兩句：「這是沒有寬慰／也沒有朋友的孤寂，呻吟加苦淚。」他笑答：「孤寂，有。呻吟，沒有。我有朋友的，古今的藝術家和我同在，藝術對我的教養此時就是生命意志，是我的寬慰。外面的世界瘋了，我沒有。……『浩劫』中多的是死殉者，那是可同情可尊敬的，而我選擇的是『生殉』——在絕望中求永生。」有那麼多過去的藝術家和他在一起，他有時會忘了身在地牢。他向我提議：手稿不用《獄中手稿》作題目，改作《地下室手記》。在地牢的時候，他常想像自己是杜思妥也夫斯基的地下室人。最後，他同意從幾十萬字裡挑選出五個小段，由我譯成英文。其他的怎麼辦？「我的這部手稿已難以解讀，不希望得到解讀。文字失去了意義，有什麼可怕呢，也許倒是可祝賀的。」

名優之死

我現在反而成了聖安東尼，地窖中終年修行，只要能拒絕內心的幻象的誘惑，就可清淨一段時日，明知風波會再起，刑役還將繼續，未來的我，勢必要追憶這段時日而稱之為嘉年華。擺在我眼前的是一瓶藍黑墨水，一只褐色的瓷菸缸。墨水及其瓶子是官方給的，屬於公家財產，社會主義性質。菸缸原係一套英國製造的咖啡飲具中的糖缸，我自己帶來的，故作資本主義性質論。初入地窖時每日抽掉一包菸，近期減為半包。火柴，在點著菸捲後，一揮而熄，我發覺這是可以藉之娛樂的，輕輕把它豎插著菸缸的灰燼中，凝視那木梗燃燒到底，成為一條明紅的小火柱……忽而灰了，扭折，蜷曲在燼堆裡——幾個月來我都成功地導演著這齣戲，菸缸像個圓劇場，火柴恰如一代名優，絕唱到最後，婉然倒地而死……

路人

……我喜歡看路人，正在路上走著的男男女女，沉默，臉無表情，目不旁視。走在路上的人都很自尊，稍有冒犯便會發怒，看起來瀟灑裕如，內心卻本能地有所戒備。走在路上，意思是正處於「過渡」之中——已做了一件事，或將去做一件事，也許是同一件事分兩處來做，如此則在已做和將做之間，善非善，惡非惡，故路人是不能確定為善者惡者的，可說是最概念性的「人」。當他（她）遇著了相識者，招呼、止步、交談，便由概念的人急轉為特定的有個性的人，再當彼此分別時，又各自迅速恢復為「路人」。要去做的可能是壞事可能是好事，或者，剛做了好事做了壞事，那末走在路上的也已經不是當事人，就難說其好壞了——自從我被禁囚之後，再也不得見我喜歡看的路人，本來，我與世界的干係已遭貶黜到道路以目的最低度，我沒有親戚朋友足以緬懷，思念的只有「路人」，不斷地走在大街小巷中，超乎善惡好壞的男男女女，他們

（她們）先前的和後來的善惡好壞，是我所不知的，是與我無關的。

小流蘇

……青年對生活的絕望，中年對生活絕望，何者更悲慟，看起來是青年人尤甚，其實是中年人才心如死灰，再無僥倖之想。因為生命的前提是「希望」，意識的希望被摧毀後，尚有下意識的希望在，這是人的生命與動物的生命之不同，動物的絕望是本能的生理的斷念，而人的絕望是知性的自覺的終極判斷，年輕人畢竟還多動物性，人漸漸老去，蛻化為純粹的「人」，他已明瞭絕望之絕，絕在什麼要害上。我無幸生在十九世紀，只是在圖片上看到囚禁萊蒙托夫的房間，有圓桌，鋪著厚實的桌布，乳白的玻璃罩檯燈，一個銅茶炊，兩把高背椅，詩人即犯人者身穿軍服，可以接待訪客，如別林斯基等——倘若我與萊蒙托夫同時空，我何致以落到這汙水流溢的地窖裡，我深深為萊蒙托夫慶幸，那俄羅斯風情十足的茶飲，那桌布邊緣成排的小流蘇……

誰能無所畏懼

……「我還沒有像在音樂中所表現的那樣愛過你呢」——忽然我想起了這句話，身處牢獄，無法找到華格納的原文，意思總歸是這個意思。音樂是一種單憑其自身的消失而構成的藝術，故在原旨深底最近乎「死」。四十歲以前我沒有寫回憶錄的念頭，雖然覺得盧梭的最後幾篇「散步」倒還是好的，屠格涅夫薄薄一本《文學回憶錄》，以為不必讀，讀起來津津有味，自己呢，仍然矢守福婁拜的遺訓：「顯示藝術，隱退藝術家。」一旦政治、經濟、愛情、藝術諸方面併發了災劫，狀況悲慘到了滑稽的程度，以柔豈能克剛，結果是驅入地下，這等於說：你不抵抗也得抵抗（求生，免死），馬雅可夫斯基是被逼得走投無路才自戕的，臨死還假裝是失戀，什麼「愛情的小船撞上了生命的礁石」，他，既非集體主義又非個人主義，如果是徹底的個人主義就無所畏懼了。對於世界，也可以套用華格納的這句話：我還沒有像愛音樂那樣地愛過你呢。

幸福

「人為什麼會是波斯人呢」——孟德斯鳩這一問可問得好。梅里美也要問「人為什麼會是西班牙人呢」，而去了西班牙，寫出三篇書簡（鬥牛，強盜，死刑），一腔疑惑渙然冰釋。我還要問什麼，只以為「幸福」是極晦澀以致難付言傳的學殖，且是一種經久磨練方臻嫻熟的伎倆，從古埃及人的臉部化妝，古希臘人的妓女學校，古阿拉伯人的臥房陳設，古印度人華麗得天老地荒的肢體語言，人類或許已然領略過並操縱過「幸福」。史學家們粗魯匆促地纂成了「某某黃金時代」，「某某全盛時期」，但沒有記錄單個的「某幸福人」——因為，能知幸福而精於幸福的人是天才，幸福的天才是後天的天才，是人工訓導出來的天才，儘管這樣的表述不足達意萬一，我卻明明看到有這樣的一些「後天的天才」曾經在世上存身過，只是都不肯寫一帖《幸福方法論》，徒然留下幾道詭譎的食譜，煙魅粉靈的小故事，數句慈悲而毒辣的格言，其中唯伊比鳩魯較為憨厚，提明「友誼，談論，美食」三個快樂的要素，終究還嫌表不及裡，甚至言不及義，那末，能不能舉一則眼睛看得見的實例，來比仿「幸福」呢，行，請先問：「幸福」到底是什麼個樣子的？答：像塞尚的畫那樣子，幸福是一筆一筆的……塞尚的人，他的太太，是不幸福的。

西鄰子

我是想用他的相片，
代替被燒掉的……
將會印在書上……

童年的相片，童年的相片到後來就珍貴了，任何人的童年的相片，與成年的相片並擺著，便可以徐徐徐徐看出這個孩子乃是這青年，乃是這個中年老年人，感知的過程是魔幻的。也有極少的例外，終於無法指認，或因觀者目力不濟之故。

自己所鍾愛的人的童年的相片，同樣很有意思，那時，孩子時，誰也不認識誰，怎知會遇見你啊，「你啊」。假如兒時已成伴侶，相片也同樣逗趣，說：從前就是這個樣子的，你記不得了，我記得。

少年人對自己童年的鱗羽是不在懷的，浪蕩到四十歲，我才撿出孩時的留影，與父母的遺容，置於一個烏木扁匣中。有時開匣，悼念雙親，自己童年的模樣毋庸端詳，徒然勾起那段時日的陰鬱、惶惑、殘害性的寂寞。

姊姊比我大十齡，姊夫比姊姊大四齡，所以其他的親眷相繼喪亡失散後，唯有姊姊姊夫偶爾會提起，提起童年的我，似乎是精靈活潑的，我覺得無非是藉此埋怨我成長以來變得遲鈍冷漠，所以這些追認性的讚美，不能減淡我對自己的童年的鄙薄。

詎料在一場歷時十年有餘的火災中，這些相片被燒掉了。

火災稍戢，有朋友為我的倖存而設生日宴，設在她家，因為我沒有家，她的家也是破後重新收拾起來的。壁上掛著一幀放得很大的孩子的相片，我說：

「你吧？」

「是，六歲時照的。」

「可愛極了，很像。」

心裡忽然充滿自己的往事，一個人，寒傖得連童年的相片也沒有，靠解釋就更像是棄嬰孤兒的遁詞了。

自從姊姊歿後，可知的同輩親屬只剩姊夫，住在市郊的小鎮上，去探望他，得渡一條江，再車行十里。他家的西鄰有個孩子，威良，每次總引我注視，惘然了幾度，不禁問姊夫：

「你看威良有點像誰？」

「像誰，像你，我早想說，真像你小時候！」是希望由姊夫來證實我的感覺，不防他說得那麼肯定，我訕然而辯：

「一點點像，我是醜小鴨，威良俊秀……」

姊夫笑道：

「就是像，簡直與你小時候一模一樣，臉，像，表情，也像，人家看你時你不看人家，人家不看你時你看人家……」

「誰都這樣的呀？」

「哪裡……你看人的眼光是很特別的，威良也就是特別。」

此後，一見西鄰的男孩，我羞愧忐忑，而且真是但求威良不留意我，讓我靜靜觀察他。孩子十分機敏，藉故迴避我，偶爾相值，他臊紅了臉，我說不上半句話。只有姊夫樂於作見證，不斷回憶出相似的微妙處，而且對威良寵渥備至，常在我面前誇獎他，我聽著，含笑不語，因為如果附和，豈非涉嫌自我溢美。

凡是得暇渡江去探望姊夫，便悄然想起鄰家的孩子，如果為他攝些相片，由姊夫選出其中酷肖於我的，以此充作我的童年留影——這個怪念頭初閃現時，我暗喜不止，如此就更足以蔑視那場大火災，毀滅不了不該毀滅的，接著，卻一層層憂悒下去，時代不同，服式髮型的差異太大。而且我怎能將這個意願向威良說明白……

怪念頭時而泛起時而沉沒，光陰荏苒，願望漸漸減弱成——請姊夫為我與威良合影，等於一個人把自己的兩個時期的相片併攏來，我可磊落聲稱：這是我和小友威良，據說他很近似我童年的模樣——但他肯與我合影嗎，小孩對成人有著天然的敵意，我一直記得。

某日晴好，又是春天又是安息日，長久沒有渡江了。

小鎮景物依然，卻不無生疏之感，這幾年姊夫退休後，會面都在城市，他說人老去，有時反而想看看熱鬧，我們就飲於繁華區的酒家，其實他也是重溫舊夢，遇事豁達大度，平時卻又十分講究細節。他抄給我新址時還畫了地圖，這小鎮我還不是瞭若指掌麼。

姊夫由鎮北遷到鎮南，這幢新樓，我是初訪，感覺是軒敞整潔得情趣索然，我的不速而至，使他分外興濃，舉止失措，語多重複，我憐恤他的老態可掬。

抽完一支菸，話題又轉到新居舊居的比較，我問道：

「你搬來這裡，那麼威良他們還是住在老地方？」

「還是住在老地方。」

「最近見到過嗎？」

「常見，他喜歡棋，一直在教他啊。」

「這可不像了，我從小不愛下棋。」

「哪有什麼都像的事！」

姊夫認輸似的笑辯：

「我想再看看他？」

「……會來，下午，今天是星期日，是吧！下午他總來的。」接著又自語：

「叫他一聲。」

姊夫拎了袋糖果，招呼走廊上的女孩去傳話，我跟出房門，關照道：「不要說，不要說我要見他。」

被姊夫回看了一眼：

「你還是老脾氣，所以知道威良的小脾氣。」

沒多久使者轉回，倚著門框邊嚼糖邊表功：

「威良，威良打算看了電影再來，現在他吃過午飯就來。」

她掏出電影票，晃一下，閃身不見了。

姊夫定要上酒館，說有應時好菜，坐在臨河的窗畔，柳絲飄拂，對岸的油菜花香風徐來，我陳述這個時浮時沉的宿願，他認為：

「其實你太多慮，拍照小事情，單獨拍他也可以，兩人合照也可以，送他幾張，他謝你呢。」

「……和平常不一樣……我是想用他的相片，代替被燒掉的……將會印在書上……」

姊夫默然許久——我悔了，決定放棄這個怪念頭。

他點一支菸，緩緩說：

「我想，這也無所謂合乎情理不合乎情理，威良與你僅僅是童年的面貌相像，其他，就會完全不同，我想，我想這種童年的照片，對於你，將來有用，對於他，將來未必有用……」

我苦笑：

「太『良知』了，這樣的判斷，勢利性很明顯，攔劫別人的『童年』，我寧可被歸於育嬰堂孤兒院出來的一類。」

姊夫目光黯斂，俄而亮起：

「不，這樣，還是應該今天就拍攝，然後找高明的肖像畫家，依據照片，換上三十年代的童裝，那就是你了，記得你那時常穿大翻領海軍衫，冷天是棗紅緞袍嵌襟馬褂法蘭西小帽……」

雙手比劃著，老人的興致有時會異樣地富聲色。

「吃菜吧……我只盼找回一個連著脖子的小孩的頭。」

「更容易畫！」

「不，『人』，我要照片，不要畫像，畫像裡的，是畫家的化身，如果畫家能畫出不是他化身的純粹畫裡的『人』，那是個無聊的畫家，他的畫，我更不喜歡。」

應時好菜已半涼，加緊餐畢起身，怕小客人已等在樓下。畢竟姊夫已臻圓通，回家的路上，我接受了他的主意：先拍攝，再斟酌。

小客人還未到，姊夫指抹棋盤，爇奇南香插在膽瓶中，竹簾半垂，傳來江輪的悠長的汽笛。

威良一進門，我的熱病倏然涼退。

距離上次見到他，算來已過了三年，姊夫常與他相處，三年前的印象先入為主，以後的變化就不加辨別。

他們專注於棋局，我從容旁觀，威良的眉目、額鼻、頤顙，與童年的我無一相似，這些不相似之點總和起來，便是威良，迥異的漂亮鄉村少年，他將是安穩多福的。

一車十八人

損人利己，不利己亦損人，
因為利己的快樂不是時時可得，
那麼損人的快樂
是時時可以得來全不費工夫的。

我們研究所備有二輛車，吉普、中型巴士。司機卻只有李山一個。

李山已經開了三年車，前兩年是個嘻里哈啦的小夥子，這一年來沒有聲音了，常見他鑽在車子裡瞌睡，同事間無人理會他的變化，我向他學過開車，不由得從旁略為打聽，知是婚後家庭不和睦——這是老戲，戀愛而成夫妻，實際生活使人的本性暴露無遺，兩塊毛石頭摩擦到稜角全消，然後平平庸庸過日子，白頭偕老者無非是這齣戲。我拍拍李山的肩：「愁什麼，會好起來的，時間，忍耐一段時間，就好了。」他朝我看了一眼，眼光很曖昧，似乎是感激我的同情，似乎是認為我的話文不對題。

我漸漸發現《紅樓夢》之所以偉大，除了已為人評說的多重價值之外，還有一層妙諦，那就是，凡有一二百人日常相處的團體，裡面就有紅樓夢式的結構。我們這個小研究所，成員一百有餘兩百不足，表面上平安昌盛，骨子裡分崩離析，不是冤家不聚頭，人人眼中有一大把釘，這種看不清摸不到邊際、惶惶不可終日的狀況，一直生化不已。於是個個都是腳色，天天在演戲，損人利己，不利己亦損人，因為利己的快樂不是時時可得，那麼損人的快樂是時時可以得來全不費工夫的。

有時我歎苦，愛我的人勸道：「那就換個地方吧。」我問：「你那邊怎麼樣？」「差不多，還不如你研究所人少些。」我笑道：「你調到我這邊來，我調到你那邊去。」——我已五次更換職業，經歷了五場紅樓夢，這第六場應該安命。

夏季某日上午，要去參加什麼討論會，十七個男人坐在中型巴士裡等司機來，滿車廂的喧譁，不時有人上下、吃喝、便溺……半小時過去，各人的私事私話似乎完了，一致轉向當務之急——李山呢，昨天就知道今天送我們去開會的，即使他立刻出現，我們也要遲到了。

李山就是不來。

我會開車，但沒有駕駛執照，何況這是一段山路，何況我已五次經歷紅樓夢，才不願自告奮勇充焦大呢。

李山還是不來。

三三兩兩下車，找所長，病假。副所長，出差。回辦公室沖茶抽菸，只當沒有討論會這回事。

李山來了——大夥兒棄菸丟茶，紛然登車，七嘴八舌罵得車廂要炸了似的。

「十七個等你一個，又不是所長，車夫神氣什麼，也學會了作威作福。」

「瞧他走來時慢吞吞的那副德性，倒像是我們活該，李山，你知不知道你是吃什麼的！」

「我們給車錢，加小費，李山你說一聲，每人多少——你罷工，怎麼不堅持下去，今天不要上班嘛，堅持兩星期就有名堂了。」

「記錯了，當是新婚之夜了，早晨怎捨得下床，好容易才擘開來的。」

「半夜裡老婆生了個娃娃，難產，李山，你是等孩子出了娘胎才趕來的吧？」

「我看是老婆跟人跑了，快，開車，兩百碼，大夥兒幫你活活逮住這婆娘，逮雙的。」

李山一聲不響。自從我向他學開車以來，習慣坐在他旁邊的位子上。那些油嘴滑舌的傢伙盡說個沒完，我喊道：

「各人有各人的事，難得遲到一回，嚷嚷什麼，好意思？」

「難得，真是難得的人才哪，誰叫我們自己不會開車，會開的又不幫李山的忙，倒來做好人了。」

竟然把我罵了進去。這些人拿此題目來解車途的寂寞，也因為平時都曾有求於李山，搬家、運貨、婚事喪事、假日遊覽……私底下都請李山悄悄地動用車輛，一年前這個嘻里哈啦的小夥子肯冒風險，出奇兵，為民造福。近年來他概不理睬，大家忘了前恩記了新怨，今日裡趁機挖苦一番，反正今後李山也不會再有利可用，李山是個廢物，只剩拋擲取樂的價值。

「話說回來，不光臉蛋漂亮，身材也夠味兒，李山眼力不錯，福分不小，該叫你老婆等在半路，我這麼攔腰一把，不就抱上車來了麼，夏天衣裳少，欣賞欣賞，蜜月旅行。」

「結婚一年了，老夫老妻，蜜什麼月。」

「我是說我哪，他老婆跟我蜜月旅行，老公開車，分內之事。」

哄車大笑。

「女人呀，女人就是車，男人就是司機，我看李山只會駕駛鐵皮的車，駕駛不了肉皮的車。」

「早就給敲了玻璃開了車門了。」

哄車大笑。

十六個男子漢像在討論會中輪流發言，人人都要賣弄一番肚才口才。我側視李山，他臉色平靜，涵量氣度真是夠的。

「閉上你們的嘴好不好，不准與司機談話，說說你們自家的吧，都是聖母娘娘，貞節牌坊。李家有事沒事，管你們什麼事？」

一個急煞車，李山轉臉瞪著我厲聲說：

「我家有事沒事管你什麼事？」

我一呆：

「我幾時管了？」

「由他們去說，不用你嚕囌。」

他下車，疾步竄過車頭，猛開我一側的車門，將我拉了出來。

「你倒怪我了？」我氣忿懊惱之極！

李山一躍進座，碰上門，我扳住窗沿，只見他鬆煞車，踩油門突然俯身揮拳打掉我緊攀窗沿的手，又當胸狠推了一把——我仰面倒地，車子一偏，加速開走了。

「李山，李山……」我倉皇大叫。

巴士如脫弦之箭——眼睜睜看它衝出馬路，凌空作拋物線墜下深谷，一陣巨響，鳥雀紛飛……

我嚇昏了，我也明白了。

心裡一片空，只覺得路面的陽光亮得刺眼。

好久好久，才聽到鳥雀吱唧，風吹樹葉。

踉蹌走到懸崖之邊，叢藪密密的深谷，沒有車影人影，什麼也沒有。

……

不能說那十六個男人咎由自取。我要了解那天李山遲來上班的原因——能聽到的是他妻子做了對不起李山的事，不是一樁一件，而是許許多多，誰也說不明說不盡，只有李山自己清楚。

同車人的啜泣

某些人躲起來哭，
希望被人發現。
某些人不讓別人找到，
才躲起來哭。

秋天的早晨，小雨，郊區長途公共汽車站，乘客不多。

我上車，選個靠窗的座位——窗下不遠處，一對男女撐著傘話別。

女：「上去吧，也談不完的。」

男：「我妹妹總不見得十惡不赦，有時她倒是出於好心。」

女：「好心，她有好心？」用手掌在自己脖子上作刀鋸狀：「殺了我的頭我也不相信。」

……

男：「肝火旺，媽的病是難好了的，就讓讓她吧。」

女：「誰沒病，我也有病。娘女兒一條心，鬼花樣百出。」

男：「……真怕回來……」

女：「你不回來，我也不在乎，她們倒像是我做了寡婦似的笑話我。」

男：「講得這麼難聽？」

……

郊區和市區，一江之隔。郊區不少人在市區工作，週末回來度假，多半是喜氣洋洋的。這對男女看來新婚不久，一星期的分離，也會使女的起早冒雨來送男的上車。憑幾句對話，已可想見婆媳姑嫂之間的風波火勢，男的無能息事寧人，儘管是新婚，儘管是小別重逢，煩惱多於快活——就是這樣的家庭小悲劇，原因還在於婆媳姑嫂同吃同住，鬧是鬧不休，分又分不開。從二人蒼白憔悴的臉色看，昨夜睡眠不足，男的回家，女的當然就要細訴一週來的遭遇，有丈夫在身邊，嗓門自會扯高三分。那做婆婆、小姑的呢，也要趁兒子、哥哥在場，歷數媳婦、嫂子的新鮮罪過，牽動既往的種種切切——為什麼不分居呢，那是找不到別的住房，或是沒有夠付房租的錢。複雜的事態都有著簡單的原因。

我似乎很滿意於心裡這一份悠閒和明達，畢竟閱人多矣，況且我自己是沒有家庭的，比上帝還簡單。

快到開車的時候，他二人深深相看一眼，男的跳上車，坐在我前排，女的將那把黑傘遞進車窗，縮著脖子在雨中奔回去了。

那人把傘整好，掛定，呆了一陣，忽然撲在前座的椅背上啜泣起來……

同車有人啜泣，與我無涉。然而我聽到了那番話別，看到了蒼白憔悴的臉，妄自推理，想像了個大概，別的乘客不解此人為何傷心，我卻是明明知道了的。

並非我生來富於同情，我一向自私，而且講究人的形象，形象惡俗的弱者，受苦者，便很難引起我原已不多的惻隱之心。我每每自責鄙吝，不該以貌取人；但也常原諒自己，因為，凡是我認為惡俗的形象，往往已經是指著了此種人的本心了。

啜泣的男人不是惡俗一類的，衣履樸素，臉容清秀，鬚眉濃得恰到好處，中等身材，三十歲不到吧。看著他的瘦肩在深藍的布衣下抽動，鼻息聲聲淒苦，還不時長歎、搖頭……怎樣才能撫及他的肩背，開始與他談話，如何使母親、妹妹、妻子，相安無事……會好起來，會好起來的。

先關上車窗，不是夏天了，他穿得單薄。

啜泣聲漸漸平息，想與他談話的念頭隨之消去。某些人躲起來哭，希望被人發現。某些人不讓別人找到，才躲起來哭。這兩種心態，有時也就是同一個人、在不同的情況下表現的。

提包裡有書，可使我息止這些乏味的雜念。

是睡著了，此人虛弱，會著涼致病，脫件外衣蓋在他肩背上……就怕擾醒了，不明白何以如此而嫌殷勤過分……坐視別人著涼致病……擾醒他又要啜泣，讓他睡下去……這人，結婚到現在，休假日都是在家庭糾紛中耗去的……這是婚前沒有想到的事……想到了的，還是結了婚……

豈非我在與他對話了。

看書。

……

將要到站，把書收起，正欲喚醒他，停車的一頓使他抬起頭來——沒有忘記拿傘。下車時我注視他的臉——剛才是睡著了的。

路面有了淡淡的陽光，走向渡江碼頭的一段，他在前面，步態是稍微有點搖擺的那種型。他揮動傘……揮成一個一個的圓圈，順轉，倒轉……吹口哨，應和著傘的旋轉而吹口哨，頭也因之而有節奏地晃著晃著……

是他，藍上衣，黑傘。

……

渡江的輪船上站滿了人，我擠到船頭，倚欄迎風——是我的謬見，常以為人是一個容器，盛著快樂，盛著悲哀。但人不是容器，人是導管，快樂流過，悲哀流過，導管只是導管。各種快樂悲哀流過流過，一直到死，導管才空了。瘋子，就是導管的淤塞和破裂。

……

容易悲哀的人容易快樂，也就容易存活。管壁增厚的人，快樂也慢，悲哀也慢。淤塞的導管會破裂。真正構成世界的是像藍衣黑傘人那樣的許許多多暢通無阻的導管。如果我也能在啜泣長歎之後把傘揮得如此輕鬆曼妙，那就好了。否則我總是自絕於這個由他們構成的世界之外——他們是渺小，我是連渺小也稱不上。

靜靜下午茶

暮色徐徐沉垂，
這樣的下午茶，
這樣的聲音響過之後，
暮色的轉濃就特別使人在意，
也可說是特別滯緩。

這幢屋子長久沒有年輕人出現過了，我來之後，姑媽以明智的勸導限制我的社交範圍，我能安之若素，因為終究不是修道院，我將重歸年輕人的世界，有一天，這幢屋子將會是年輕人世界的一部分。

客人愈見稀疏，老夫婦也少出訪。我想，互為賓主者，同時愈趨遲暮，做一次主，做一次賓，漸顯得是嚴重的費神的事，能免則免了，大概是這樣吧。

我想，姑媽姑父年輕時並不是孤僻的，從偶臨之客的談話中，聽到許多姓名，誰遷居、誰增產、誰生了怪異的病、誰死之前還在做什麼……夾雜在紛然往事的斷面中，細節記憶十分清晰。據說年歲愈高，對過去生活的追溯愈遠。不過，我注意到來客不論男的女的，總會犯一個失誤——客人稱賞男主人不見老，丰采依舊。忘了這樣的花束應得先獻給女主人，或者說：你倆都不見老，丰采依舊。

姑媽因此而妒忌自己的丈夫，時常冷然瞥他一眼，像陌生人的打量，她是在估測，別人說的，究竟有幾分是實質，幾分是恭維。

姑父頗自信，加上屢得的評鑑，似乎堅持不老是他的天職。十分整潔，家居亦修飾不懈，領帶英挺，任何襪子都用吊帶拉緊。最大的優勢是不發胖，從前的服裝仍可上身，就只褲腰必得以皮帶束攏——然而在我的眼裡，他是個衰象明顯的保守派老紳士，與他同年的來客都已龍鍾蹣跚，自歎不如之餘，作一番雅謔也算解嘲。這些二次大戰時代的年輕人，什麼事都很認真，比我們認真。

道是五年前就開始節制飲食，姑媽的身材停止了變化，或許為時欠早——她停止在富泰相中，重歸窈窕自不可能，而大局既已穩住，每月一兩次下午茶是免不了的。

姑媽說：

「今天有誰來？」

「不會有吧。」姑父說。

「你要出去？」

「去哪兒，哪兒也不去。」

他說：
「你想到什麼地方玩玩？」
「天氣不好……好也不想。」
「長久沒有戶外活動了！」他為她找理由。
「每次外出，回來總是懊喪的。」她歎息。
「我也這樣。」他附和。
「這領帶好，新買的？」
「現在流行窄型，這不知是什麼時候的了，好寬，少用它，與襯衫難配。」
「很早不也流行過窄的嗎？」
「五十年代末，窄的。」他以拇指食指在胸前比個窄領帶的樣子。
姑媽自己也每天考慮如何穿著，有時會問：「艾麗莎，現在流行什麼了，我不想上時裝店，你替我看看，衣櫥中的這些，哪幾件，與流行的款式比較接近？」

我很欽佩她的見地，時裝確是周而復始的舊翻新，但製造商和設計師很刁鑽，每次輪迴都有所增刪，使舊的冒充不了新的。所以我又憐憫起姑媽來，不過她也是在家趕時髦，未致貽笑於路人，就為她挑選出與流行的格調大略有共通之點的。她高興，對著鏡子笑道：

「真的嗎？又時興這個了，這還很早呢，我四十來歲時的呀！」她有了先知先覺的幸樂，而且勉強還能穿上身，可見她很早已是非常豐滿的了。

姑媽腰背正直地坐在客廳裡，時裝使她增加精神。她仍然要丈夫接收剛才的話題的暗示性：

「窄領帶是否比寬領帶要輕快些？」

「也許是的。」

「不結領帶呢？」

這下姑父覺著了，連忙解釋：

「習慣，領子鬆著反而不舒服！」

姑媽亦轉而緩和氣氛：

「那也是的，譬如襯衫袖子，單穿襯衫時，我不習慣看別人把袖子捲起來，要嘛，短袖，長袖這樣，不雅觀。」

「這像文法，那些人文法不通。」

看來以後姑父每天仍然可以結領帶，講究文法修辭。

姑媽轉向我：

「我們有多少天沒喝茶了？」

「十天吧。」

「今天呢？」

「好吧，我去準備，姑父？」

「好。」

偶一為之的下午茶，沒有多大要準備，不過是看看瓷器、銀器，糖是脫脂的，餅是蘇打的，果醬一點點，牛奶一滴滴，使我苦笑的不是這些，而是等忽兒，必定要恭聆姑媽的那一段台詞。

又是習慣，那習慣是不能把茶具全擺好了請女主人男主人就座，而是要對坐著，看我用盤子順序端出來，分布停當，然後我裝作不解事地問問：

「要不要奶油？」

姑媽搖頭。姑父無言。

「一小片起司，好嗎？」

「不。你要的話，我同意。」

這表示姑媽今天心情良好，奶油、起司，姑媽不過是要聽聽名字，追悼一下，小小的傷心便是甜蜜。我實際身分是傭僕、伴侶，未來身分是繼承人，初到之際，時時刻刻處於緊張中，日子長了，一切顯得容易對付，雖然他倆尚未立遺囑。

下午茶快要結束，一陣靜默，使喝茶嚼餅的閒適氛圍退遠，暮色轉深，姑媽的聲音暗中響起：

「那天，我記得是十月二十六日，空襲警報是下午一點開始的，三點，解除了，你是七點鐘到家的，路上一小時，還有三個小時，你在哪裡……」

姑父不動。

照例姑媽的臉上似乎有得到答案的信念，姑父的臉上似乎有作出答案的決心。暮色徐徐沉垂，這樣的下午茶，這樣的聲音響過之後，暮色的轉濃就特別使人在意，也可說是特別滯緩，姑媽不動，姑父不動，我不動……

姑媽稍一伸欠，姑父才變一變坐姿，我也不由得挪一挪手或腳。她家還有個陳規，客廳的燈，主人是不開也不關的，一定是叫：

「艾麗莎，請來開燈。」

「客廳的燈可以關了，艾麗莎。」

等候吩咐，所以一任暮色淪為夜色，她的側影，他的側影，鼻尖各有小點微光，神情已看不清。

「二十六日，那天是十月二十六日，下午的空襲警報是一點鐘響起來的，快近三點就解除了，路上最多一小時，你回家已經是七點鐘，那三個小時，你在哪裡……」

肅靜。

客廳全黑，銀器暗淡無光。

「艾麗莎，請你把茶具收了。」

我如蒙赦般地活動起來，回廚房洗滌安置。杯盤難免碰觸有聲，覺得悅耳。我很愛惜這些古趣的物件，時常驚喜於它們的優雅細膩。

「艾麗莎，你好了沒有……請來開燈。」

擦乾手，開燈——好像開燈前的一切，是夢。

某日我們三人在園子裡看工人刈草，愛聞青澀的草馨氣，姑媽又嫌太沁人，使她皮膚發癢，回屋洗澡了。

我悄聲問：

「那是什麼年代呢？」

「什麼？」

「空襲警報？」

「二次大戰啊，四十、快五十年前。」

「剛結婚？」

「剛結婚。三天兩天有空襲，不一定轟炸的。」

「警報解除後，你到哪裡去了？」

「沒有。」

「三個小時？」

「喏，這樣的，如果下午有警報，只要是三點鐘以後解除，就不用再上班了。有的人，一到下午就等聲音響起來，躲進防空洞，老看表，怕三點不到就解除了。」

「你是七點鐘才回到家的呀？」

「我從來都是下班就回家，天天這樣，有空襲，只要警報一解除，如果不用再上班，就直接回家。」

「十月二十六日呢，四點到七點？」

「回家啊。」

「姑媽說你是七點才到的？」

「四點就到了。」

「怎麼會呢？」

「清清楚楚的事，從防空洞出來，看表，三點缺幾分，當然也不用上班了，正好搭著巴士，到家比平時還早些，後園的木柵壞了，看看該怎樣修……」

「你修？」

「不，得請工人。」

「後來呢？」

「在書房放了皮包，轉到客廳，沒人，上樓，兩個臥室也不見你姑媽。廚房浴間門都開著，地下室門關著，我想她出去了……」

「她是出去了？」

「她會去哪兒呢？她曾說要向後面鄰家學做酸黃瓜，我去了，托貝小姐說是來過的，是昨天中午。托貝小姐又說詹姆斯先生家的哈利產了小狗，也許去看狗。我想不會的……」

「姑媽在？」

「沒有啊，詹姆斯先生請我進屋看小狗，我覺得髒，沒有說髒，我說我們不善養動物。詹姆斯先生提議一同去釣魚，給我看各種魚具，我說我不抽菸斗，他說不抽菸斗與釣魚沒有多大關係，我認為魚很難上鉤，等好久好久，他說就是等的時候有趣……」

「後來你又到哪裡去了？」我有意打斷他。

「沒有啊，後來看了些詹姆斯先生收藏的植物標本，有玻璃製作的摹擬品，簡直和真的新鮮的植物分別不出來。還有蝶類，好幾種我都從來沒有見過，漂亮得簡直不可能……」
「後來呢？」
「我回來。」
「大約幾點鐘？」
「大約……沒看表，天快黑了。」
「姑媽呢？」
「她在前庭的廊柱邊坐著，手很冷。」
「她問你了？」
「她說：你回來了？」
「你呢？」
「我說：回來了。」
「後來呢？」
「後來沒說什麼。」

「怎麼沒說什麼呢？」

「是沒說什麼。」

「前幾天還在問你呢？」

「你也不是首次聽到，四十多年，每隔一陣，就問了。」

「怎麼不回答？」

「起初，我想這有什麼好問的，有什麼好答的，就不響。不響，我想她就不會再問。後來，一次一次問多了，再回答，她會不相信，她會說：既然像你所講的沒有事，那麼為什麼以前不回答，到現在才回答——再叫我怎樣說呢？」

「你也沒有問她那天為什麼不在家？」

「沒問，我猜想她四點鐘以前就在前廊等了，我從後園進，不知道。我也不知道。」

「以後呢？」

「以後？」

「我說，如果下次又問了，你是否就講？」

「講不清楚的！」

「你是否覺得這樣的下午茶很難受？」

「難受，難受之極！」

「講清楚，就不再折磨。」

「來不及了，講不清楚的。」

「剛才你就講得像今天發生的事一樣，你的記憶力很好，不必等姑媽再問，你自己找她解釋。」

「她不相信，她一定是不相信的，一定認為我這些年來都在構思說謊，托貝小姐、詹姆斯先生，一個蒙主召歸，一個遷徙加拿大，可能也不在人世了，即使都活著，誰記得四十多年前的十月二十六日下午四點之後，到七點之前，發生過什麼事。」

「不要緊，不需要證人，你說了，就從此不再受難了！」
「你在旁也很難受吧？」
「也難受。」
刈草工人早已不在，草地平整如毯，我猛然擔心姑媽會懷疑我和姑父議論她，急急回房，依跡象判斷，姑媽浴後是需要小眠一會的，便躡下樓梯，姑父問：
「她呢？」
「睡著了……最好明天有機會，你就說。」
翌日沒有提起下午茶，如果由姑父提或我提，就會顯得有預謀，更難使姑媽聽信，甚而誤會我與姑父串通、擺布她，那就要危及我的現狀和前途。
我不再敦促姑父，一切順其自然。沒有姑媽在場，不與姑父談話。
過了十多天，雨後新晴，上午下午鳥雀不停地鳴囀，我伸伸腰：
「天氣真好！」

姑父看了我一眼。

姑媽在窗口眺望：

「艾麗莎，我們長久沒有喝下午茶了。」

「前幾天我買的曲奇是荷蘭的。」

「還早，等一下我們喝茶，還是茶，不是咖啡。」

我回看姑父，他走出客廳，只見其背影，我折至廊下，浴著陽光，獨自凝想。

三個人中只有我在興奮，姑媽不知道今天將證明她的丈夫是完全忠實無辜的，姑父要準備陳述的措辭，一定情緒緊張。而我，總還得但求平安地在這裡待下去，不知要到何年何月才能反僕為主。他倆衰老，我也畢竟不年輕了，如果不再突然冒出個比我更合情合理的法定繼承人，那麼我的地位可以自信。我將養狗養貓，自己做酸黃瓜。上帝，寬恕我想得這麼多。我為姑媽姑父祈禱，祝福兩老健康長壽，我還沒有錢，有了時，就去找本堂神父，為恩人做彌撒……

「艾麗莎，你在準備了嗎？」

「現在幾點鐘？」我戴著手表。

「四點。」

「那我就開始煮茶。」

也許是湊巧，姑媽今天氣色特別好，姑父的稀髮那是天天梳得一絲不苟，我本該換身衣裙，怕事後姑媽會聯想起來，推理到我比她先知道了應是她早該知道的謎底。對於她是四十多年的嚴重心事，對於我則毫無意義。

銀器擦得雪亮，玻璃清晶如新，三年來未曾損過一杯一盤。我這樣竭力慫恿姑父「自白」，一是為了使姑媽終於寬懷，丈夫畢生沒有對不起妻子的行徑。二是為了使姑父取得免於困窘的自由。四十多年的懸疑，一旦開釋，還其紳士本來面目。三是，我實在受不了這種沉默黑暗的壓迫，姑媽可以也應該與丈夫單獨相對時回顧前塵舊夢。我想，她是故意要個第三者在場，有利於營造氣氛，我實在不願再當這種配角，倒楣的配角。

姑媽姑父照例對坐在圓桌兩邊，我居下，上座空著，瓶花就移過去，茶具可以擺得舒暢些。忽然我擔心姑媽今天不提問了，從此不再提了，好還是不好呢？不提，當然免於受難，可是這數十年的疑團沒有機會渙然冰釋，所以還是提好，今天提，如果今天不提以後提，姑父又會不動，不響，椅子坐在椅子上。

天色很亮，夜幕還遠著，如果起了陣雨，就很快暗下來，但雨聲嘈雜，姑媽會覺得不適宜付出她冷靜的語調。

萬一姑父還是不肯說，認為要開口解釋這種毋須解釋的事，太傷他的自尊心，那麼，由我代言，能不能代言？姑媽會問：為什麼要你代言？

「你說得不錯，是很好……」姑媽嚼著餅說。

「什麼不錯？」姑父問。

我急收思緒，拈起一塊曲奇：

「比丹麥的好。」

「喔，我試試。」姑父伸手，姑媽將餅盤推了推。

「今天的茶也好！」姑媽又讚賞。

「你知道我怎樣做的？」

「不知道，香味很濃郁！」

「喝著會想起春天的景象！」姑父搓搓手，又拿起杯子。

「春天，會來，人生的春天不會再來！」

老人談春天，等於老人唱歌，我要抑止這種歌聲：

「哪，這是一個同學，一個中國人教我的，他們稱為紅茶，紅茶可以煮，煮好後，可以加玫瑰花，焙乾的玫瑰花瓣，然後蓋緊，不讓香味漏散。那種他們叫綠茶的，只用沸水沖，水是剛泛泡就熄火，可以加茉莉花或玳玳花，這大概像食肉該喝溫的紅葡萄酒，食魚該喝冰的白葡萄酒……」

「對，是諧和、相稱！」姑父說。

「人與人，何嘗不如此。」姑媽說。

我起身給他倆斟茶。

「你的同學，中國人，後來呢？」

「回去了。」

「你們常常一起喝茶？」

「那時在學校。」

「他很細心，是不是？」姑媽看著我。

「好像是的。」

「我想他是細心的，所以你還紀念他。」

「我只記得紅茶是可以加玫瑰花的。」

「玫瑰，中國人也許不知玫瑰就是什麼！」

姑媽又要唱歌了，我快轉話題：

「姑媽，你說要不要再買點這種曲奇備著？」

「真要比起來，總不及大戰前的東西好吃，餅類、水果，都愈來愈沒有味道！」

「也許是我們自己的味蕾開始萎縮了？」姑父說。

「我不承認！」

「不過我想主要是麵粉、麥子的品質的緣故。」姑父說。

「是的，化學肥料、藥物激素可使禾類果類增產，卻破壞了天然的品質。」我說。

「現在的花也不香了，從前的花店，一條街上如果有幾家花店，整條街都是香的。」

暮色在窗外形成，客廳已暗，我決定不再發聲，看姑父在輕輕搓手。

姑媽端起杯子，又放下，一個銀匙在碟中翻了身。

「那天，我記得是十月二十六日，空襲警報是下午一點開始的，三點，解除了，你是七點鐘回家的，路上一小時——還有三個小時，你在哪裡……」

姑父停止搓手，寂靜。

我捂唇輕咳了一下。

寂靜有了長度，長度顯著增加，我故作斟茶，壺嘴磕在杯緣上，我輕聲道歉。

「一九四五年十月二十六日，空襲警報是下午一點鐘響起來的，快近三點，解除了，路上最多一小時，回家七點鐘以後了，那三個小時，你在哪裡……」

姑父。

我側腕看表，沒能看清。

也許姑父希望我走開，便離座去洗手間。

在洗手間的黑暗中站著，不掩門。

沒有任何聲息。

表的螢光近看時可見是六點五十五分。

七點，真的洗了手，回客廳。

「艾麗莎，請你開燈。」

魏瑪早春

春天雖然很像深嗜痼癖的人，
那人未嘗預知春天與之相似。
但春天怎會是個人。

溫帶每個季節之初，總有神聖氣象恬漠地剴切地透露在風中。冬天行將退盡，春寒嫩生生，料峭而滋潤，漾起離合紛紛的私淑記憶，日復一日，默認季節的更替，以春的正式最為謹慎隆重。如果驟爾明暖，鳥雀疏狂飛鳴，必定會吝悔似地劇轉陰霾，甚或雨雪霏霏。

春天不是這樣輕易來，很像個雍容惆悵威儀弗懈的人。也因有人深嗜痼癖很像春天之故。溫帶濱海的平原，三月杪，地氣暗燠，清晨白霧濛濛，遲至卓午才收升為大塊的雲，夤在空中被太陽照著不動。向晚，地平線又糊了，有什麼願欲般的愈糊愈近。田野阡陌迷茫莫辨，農舍教堂林藪次第浸沒乳汁中，夜色反而不得按時籠黑。後來，圓月當空就只一灘昏黃的暈。浩汗的矜式，精緻的疑陣。

春天雖然很像深嗜痼癖的人，那人未嘗預知春天與之相似。寒流來時刮大風，窗扉嚴閉的居室，桌面一層灰，壁爐火焰如書，恬漠剴切的神聖氣象隱失。這就看柳和山茶、木蘭科的辛夷、本犀科的 Jasminum nudiflorum，可知行程並未停頓。如果遠處一排柳，某日望去覺察有異，白霧含住淡綠的粉，那已經是了。無數細芽綴滿垂條，儇佻磊落，很像個極工心計又憨孌無度的人。但春天怎會是個人。

花的各異，起緣於一次盛大的競技。神祇們亢奮爭勝，此作 Lily，彼作 Tulip；這裡牡丹，那裡菡萏；朝顏既畢，夕顏更出。每位神祇都製了一種花又製一種花。或者神祇亦招朋引類，故使花形成科目，能分識哪些花是神祇們稱意的，哪些花僅是初稿改稿，哪些花已是殘剩素材的並湊，而且濫施於草葉上了，可知那盛大的比賽何其倥傯喧豗，神祇們沒有製作花的經驗。

例如，Rose。先就 Multiflora，嫌貧薄，改為 aeieularis；又憾其紛紜，轉營 indica，猶覺欠尊貴，卒畢全功而得 Rose rugosa。如此，則野薔薇、薔薇、月季、玫瑰，不計木本草本單葉複葉；它們同是離瓣的雙子植物，都具襯葉，花亦朵朵濟楚，單挺成繖狀，手托或凹托，萼及花不外乎五片，雄蕊皆占多數。

子房位上位下已是以後的事，結實之蒴之漿果也歸另一位神祇料理。

蓋盛大而歷時頗久的比賽告終之夕，諸神倦了，軟弱了，珍惜起自己的玩物來，願將繁殖的遺傳密碼納入每件作品。誰纂密碼？諸神中最冷嫺的一位。也許，祂逡巡旁觀未曾參賽。競技的神都倦了軟弱了，那些不稱意的草稿，殘剩素材的並湊物誤合物都沒有銷毀。冷嫺的神將密碼像雨那樣普灑下來。諸神笑著飛去了。天空出現虹，地上的花久久不謝。因為是第一代花，後來的植物學全然無能詮釋花的詭譎，囁嚅於顯隱之別、被子裸子之分。那末，花之冶豔不一而足：其瓣、其芯、其蕊、其萼、其莖、其梗、其葉，每一種花都如此嚴酷地和諧著。它們自身覺識這份和諧嗎？獸鳥鱗蟲能稍稍感知這份和諧嗎？植物為了延種，藉孢子藉核仁藉地下莖便可如願。花葉平凡的植物的生存力更強旺哩。而 Cryptogamia 呢？華羊齒植物、蘚苔菌藻、無花果不是到處都有嗎？華麗絢爛的花卉豈非徒然自尊自賤了。花的製作者將自己的視覺嗅覺留予人。甚或是神製作了花以後，只好再製作花的品賞者。

有一株樹，曾見一株這樣的樹。冬季，晴和了幾天，不覺彤雲靉靆，萬千烏鴉出林聒鳴飛旋。鄉民謂之「噪雪」，稱彤雲為「釀雪」。風凜冽，行人匆匆回家，曾見一株樹在這樣的時日，枝頭齊茁蓓蕾，淡絳的星星點點的密布椏條，長勢迅速，梢端尤累累若不勝載。際此，雪紛紛下，無數花苞仰雪綻放，雪片愈大愈緊，群花朵朵舒展。樹高十米，幹圍一點五米，葉如樟似楊，頂冠直徑十餘米，花狀類乎扶桑之櫻，色與雪同，吐香清馥；冬季中下幾遭雪，發幾度花。霰霙之夕，寂然不應。初雪之頃無氣息。四野積雪豐厚，便聞幽馨流播，晝夜氤氳。雪銷，花凋謝。植物志上沒有這株樹的學名。中國洞庭湖之南，湘省，洞口系，水口山。樹在那裡已兩百多年。

一八三二年冬末，春寒陣陣。

三月十五日歌德出了一次門後感冒了。好轉得還是快的。起床小步，盼望春天。

二十日夜間忽然倒下。應當請醫生，他拒絕了。

二十一日，只見他時而上床，時而坐到床邊的靠椅，驚恐不安。佛格爾大夫緩和了他的苦楚。已經完全沒有氣力。二十二日十一點半，歌德死。那天是星期四。

星期五清晨，弗列德里希開了遺體安放室的門。歌德直身仰臥。廣大的前額內彷佛仍有思想湧動。面容寧適而堅定。本想要求得到他一綹頭髮。實在不忍真的去剪下來。全裸的軀肢裹在白色布衾中，四周置大冰塊。弗列德里希雙手輕揭白衾，見歌德的胸脯壯實寬厚，臂和腿豐滿不露筋骨，兩腳顯得小而形狀極美。整個身體沒有過肥過瘠之處。心臟的部位，一片寂靜。

他在彌留之際，曾問日期，並且說：「這樣，春天已經開始。我可以更快復元了。」

八年前，春天將來未來時，歌德以素有的優雅風度接見海涅，談了每個季節之初的神聖氣象，談了神祇們亢奮的競技，談了洞庭湖南邊的一棵樹。又談到耶拿和魏瑪間的林蔭道：白楊還未抽葉，如果是在仲夏夕照中，那就美妙極了。

歌德忽然問：「您目前在寫什麼？」

海涅答道：「浮士德。」

當時，歌德的浮士德第二部尚未問世。

「海涅先生，您在魏瑪還有別的事嗎？」

「從我踏進閣下府門的那一刻起，我在魏瑪的全部事務都結束了。」

語音才落，鞠躬告辭。

這是十分歌德和十分海涅的一件事。

那使到了春寒料峭的今夜，寫浮士德這個題材的欲望還在作祟。都只因靡菲斯陀的簽約餘瀋未乾；葛萊卿做了些事；海倫與歐弗列昂沒戲做；終局，浮士德的仆倒救起何其易易。神話、史詩、悲劇，說過去就此過去。再要折騰，況且三者混合著折騰，斯達爾夫人也說是寫不好的。

而當時，海涅告辭之後，歌德獨坐客廳，未明燈燭。久之，才轉入起居室。

海涅蜷身於回法國的馬車中，郊野白霧茫茫，也想著那件實在沒有什麼好想的事。

1988

圓光

這不過是淒慘，
淒慘而明亮。
更有一種圓光，
可說是近乎殘酷，
殘酷而昏暗。

無論東方西方，美術中顯形的神主、聖徒、高僧，頭上必有圓光。東方的繪畫雕塑，注重正面造型，圓光的安置總能妥帖，從而愈演愈繁，層出不窮的所謂法輪寶相，華麗無比。西方則不然，簡單一圈或一片，從不考慮裝飾，就整體而言，倒也純淨悅目；無奈事情發生在西方的繪畫雕塑不滿足於正面，還要作側面半側面的造型，這一側，圓光勢必要隨頭部之轉而轉，轉成了橢圓的鐵環銅盤狀，臨空浮在頭頂上，非常之不安——這還算什麼神靈之光，委實滑稽，刺目的滑稽。

中古世紀的造型藝術家，在西方大概也還不知空間是幾維度的，光是幾進向的，然而已經用上了解剖學和透視學；而這頭上的光卻不符物理的常識，夾在與解剖學透視學原理無誤的形相裡，愈發顯得格格不入，所以才會如此滑稽刺目。無論如何總是功虧一簣美中不足的了。而且分明在諷示：凡神主、聖徒、高僧的頭上的圓光都是假的，彆彆扭扭硬裝上去的——自然真理的嚴厲一瞥，警告藝術家不要胡來，然而這能怪藝術家麼。

我之所以一直還不能成為西方宗教的信徒，也許就是因為看到了這個貽笑大方的破綻。萬能的全能的主啊，這個破綻實在不體面，使無神論者更加振振有詞了。我之所以一直還不能成為東方宗教的信徒，也許就是因為看到了法輪寶相的過分華麗，這樣的精緻豪奢，光彩奪目，叫人怎能靜得下心來，低頭瞑目也亦然眼花繚亂的。

這不過是「滑稽」。還有別的，可說是近乎「淒慘」。

稍老一輩的中國文人，皆知弘一法師其人其事。李叔同先生博涉文學、音樂、繪畫，尤擅書法。早年演劇，反串「茶花女」。他東渡日本留學，翩翩濁世佳公子，稱得上一代風流的了。想必出國前已成家室，所以歸國之日，攜一日本女子回府，原配夫人鬧得個煙塵陡亂。據說李先生就是因為調停乏術，萬念俱灰，快速看破紅塵，孑身潛往杭州虎跑寺剃度受戒。兩個妻子火速趕來，丈夫已經坐關了。坐關是自願的禁閉，由當家和尚親手在斗室的門上貼好封條，到期方可啟封出關，飯盂水罐從一小窗口遞進遞出。當時李家兩位夫人在「關」前雙雙跪地嚎啕，苦求夫君回心轉意……一天一夜，裡面寂然不答半句話——此心已決，誓不回頭，弘一的堅定徹底是值得欽敬的。

世伯趙翁，是弘一法師的好友。某年我去叩賀趙太夫人的華誕，看到弘一法師手抄的一部《金剛般若波羅蜜經》，是特地奉贈給趙翁萱堂的。我實在佩服他自始至終的一筆不苟，不揚不萎，墨色也不飽不渴。佛經中多的是相同的字，寫得宛如獨模所鑄——書道根柢之深，倒是另一回事，內心安謐的程度，真是超凡入聖。這種純粹的境界，我是望而生畏的。俯首端詳這部手抄的經典，說不出的歡喜讚歎，看得不敢再看了。

平時多次在富家豪門的壁上，見到弘一法師所書的屏條。字，當然是寫得一派靜氣。然而我有反感，以為出家人何必與此輩結墨緣，就算理解為大乘超度普救眾生，我也還是覺得其中可能有討好施主的因素在。借此而募化，總也不是清涼滋味——我發覺自己很為難，同情出家人的苦衷比同情俗人的苦衷更不容易。

趙老伯是著名學者，大雅閎達，卓爾不群，自稱居士，釋儒圓通，境界也高得可以。某日相隨出遊，品茗閒談，談到了弘一法師示寂前不久，曾與他同上雁蕩山，並立岩巔，天風浩然，都不言語。自然是澄心濾懷，一片空靈。而人的思緒往往有跡象流露在臉上，趙老伯發現弘一的眼中的微茫變化，不禁啟問：

「似有所思？」

「有思。」弘一答。

「何所思？」

「人間事，家中事。」

趙老伯講完這段故事，便感慨道：「你看，像弘一那樣高超的道行，尚且到最後還不斷塵念，何況我等凡夫俗子，營營擾擾。」

當時我是個不滿二十歲的青年，卻也深有觸動，所以至今記憶猶新。趙老伯素來恭謹，從不臧否人物，皆因父輩至交，才會在世姪面前說此一段往事，恐怕除了那天純出偶然地對我談過之後，從此不復為外人道，因此值得追記。我視之為舍利子。

趙老伯敏於感，勇於問。弘一法師率乎性，篤乎情；如若他答以「無所思」，或以梵諦玄旨作敷衍，那是多麼可怕，虛偽是卑汙的。而弘一法師就能坦呈直出，這是了不起的，是永遠的靈犀之光，比那裝飾性的炫光，比那如圈似盤的鈍光，更使我難忘。我對弘一法師的任何良與不良的印象都可以取消，就只保存他這句示寂前不久吐露的真聲。多少嚴閉的門，無風而自開，搏動的心，都是帶血的。

記得我沒有問趙老伯當時聽到弘一法師如是回答的剎那間，弘一頭上有無出現圓光，因為我知道必是有的——並非世伯和世姪的感想不盡相同，而是完全不同，這樣的「代溝」，有比沒有好。

這不過是淒慘，淒慘而明亮。更有一種圓光，可說是近乎殘酷，殘酷而昏暗。

夜晚，幾個朋友在小酒吧一角絮絮清談。

研究生物物理學的喬奇說：「人體本身不停地發著某種光，天賦特異功能者其光度較強，有時肉眼也能看見這種紫的青藍的毫芒，頭部更覺得明顯些。」

對不明飛行物最感興趣的松田說：「外星球體來客所穿的宇宙服，那個頭盔，就是古代雕刻壁上的神像的圓光，在埃及、墨西哥、俄羅斯，都能看到，古代人憑記憶、傳說，作了概括的圖像。」

從事繪畫雕塑的歐陽說：「以圓形襯托頭部，可以使觀者的視線集中到人物的臉上去。」──他又笑著自白：「我的頭，也一度有過圓光。」

大家疑惑，歐陽微笑不斂，慢慢道來：

「二十世紀末葉，某國，某十年，發生了某種類似宗教異端裁判庭的事件。我本來也不好算是異端，卻因某件浮雕的某一細部受人指控，轉瞬就被關押起來。一間大約二十平方米的屋子，三面是牆，一面是鐵柵欄，容納五十餘人。白天坐著立著，人際有點空隙，夜間紛紛躺下來，誰也不得仰面平臥，大家都得直著腿側身睡，而腹貼前者之背，背黏後者之腹，悶熱如蒸的夏夜，人人汗出如漿……這且不談，單說那頭上的圓光的發生吧！

「漫長的白天，老少中青濟濟一堂，凡資深者才有機緣靠牆而坐，新來乍到的待在中區，無所憑藉，腰痠背痛，更覺日長如年。監章規定：不准洩露姓名和案情，不得導聽旁人之案情和姓名。我牢牢記住，堅不吐實，亦毫無興趣與人攀談。兩個月之後，我僥倖得了靠牆而坐的資格，果然對腰背大有幫助，簡直是一種享受。而且眼看別的囚徒，竊竊私語，頗不寂寞，所以當那個緊挨在旁的白髮長者第三次低聲垂詢：『閣下所為何事？』我就輕輕答曰：『雕塑闖了禍。』長者大喜，原來他自以為遇到同道了。他是一位頗有聲望的美術鑑賞家兼畫家，偎著我的肩溫存耳語：『不要灰心！不要灰心啊。』我反問：『你怎知我灰心了。』長者幽幽道：『從神色看來，你走藝術的路走累了，又不願走邪路，只好洗手不幹。』我覺得他有點眼光。長者又言：『看我這把枯骨，還要畫，畫到枯骨成灰，骨灰還可做顏料。你年輕一半，不要灰心！』我反駁：『畫到死，雕到死，有什麼意思。』『對啊，然而別的，更沒有意思啊。』這倒真是一語道破，我已經雕塑了如許年，再改做別的事？還沒有去做已經覺得比雕塑更沒有意思了。不禁側首看了長者一眼，白髮如銀，他詭譎地微笑著問我：『做過浮雕的佛像嗎？』『做過。』『那頭上，腦後，有圓圓的一輪？』『佛光。』長者吸了口氣：『你知道是怎麼來的？』『天生天賜。』『不見得……你看，看對面那些坐著的人的頭！』一經點破，我頓悟了——一個一個人頭的後面，果然都有圓暈襯托，那是許多來過這裡的人的頭，不斷地與塗著一層石灰的牆面接觸，頭垢染出灰褐色的圓暈；人高矮不一，你摩我擦，合作出來的圓暈，其大小與正坐在那裡的人的頭之比例，恰如一般畫像雕像上的莊嚴佛光。而且到了這種地步的人，一進監房就得強行落髮，時值盛夏，大家都赤膊，靠牆盤腿趺坐，那圓暈、那禿顱，儼然十八尊大阿羅漢，只多不少——

我笑出聲來！服了那長者對付苦難的必不可少的幽默，何況這樣的印證已遠遠超乎幽默之上。

「長者見我領會到了，便十分欣慰，精神為之抖擻，從此我們成了忘年莫逆之交。」

歐陽也從我們幾個聽者的眼神和笑聲中得到了他所需要的讚賞。

大家拿起酒杯，不知為什麼而乾杯，也都乾了。

路工

窗內的我與路上的他，
就像我是腦，他是身，
我想到什麼，他就做什麼，
反之，也真切。

良儷

可能是一對夫妻，進車後瞥見橫座有個空位，女的坐下，男的站在旁邊，俄頃又將到站，直座上的老婦欠身欲起，女的仰面示意，男的也用目光說「別這樣」，老婦看清站名，又安坐不動。

車停，老婦提包移步向車門，女的觸手示意男的，男的緩緩地牽強地坐下，向女的做了個嚴厲的表情，女的以含疚的微笑來承受男的這個表情。外州人，紐約人哪會有這份古風，而且這時已足證實他倆是夫妻，其妻不錯，其夫尤佳。

口哨

高大敦實的中年男子，向對面路邊的汽車揮手叫喚，這樣寬的路，他的朋友坐在車內一無感應。

他將手指塞入口中，注意到我停步看著——他吹，聲低不成尖哨，急切調整手指和口唇，吸氣用力吹，仍然無濟，轉過身來對著我說：

「我很抱歉！」

我笑著道謝，啟步往前，心靈有時像杯奶，小事件恰似塊方糖，投下就融開了，一路甜甜地踅回來。

嘩笑

陽春三月，上午，曼哈頓第七大道，亞細亞古董店，五級台階，下三級排坐著二十來個年輕男子，我匆匆而過，只看見他們髮上肩上的明媚日光，不防他們別有用心，後於我的一個路人中計了。

「嘩……」

這群大男孩笑著，搖著上半身，宛如風岸的蘆葦。

人行道上有一只小小的黑皮夾，幾張鈔票稍露其角——過路者可分類為：

一、像我那樣，沒看見。

二、用鞋尖撥了撥，走過了。

三、彎腰伸手去撿——「嘩……」台階上一片成功的歡嘯。

中計者聽到嘩聲即已恍然小悟，趣味還在於種種反應之不同：

A——扔下皮夾，目不旁視地疾步朝前走，這類最多。

B——舉起皮夾向嘩者們擲去，這類大抵是男的。

C——丟掉皮夾，罵幾句，再回身邊走邊罵，這類總是女的，黑的。

D——在嘩聲中安詳開夾，取出鈔票，佯裝入袋，在更興奮的嘩聲中將鈔票還原，皮夾仍置於老地方，這類是年紀大的「紳士」，從前也是此種把戲的玩家。

E——鋒頭十足的摩登女子，正以天仙之姿走著，忽以凡人之態作俯拾，嘩聲一起，她像甩掉燙手的煎堆，直起腰來霎時難復天仙之姿，幾秒間，僅僅是背影，怒意、怨意、羞意、慚意，混合著顯露……

原來一個人的背影是這樣有表情的。

雪禮

每年首度大雪之夜的翌晨，走在路上，對面相值的人會向我微笑，容或我的微笑先於彼吧，而感覺上是同時展示的，禮貌話也同時說的。

大雪之夜的翌晨，向我微笑而致禮的路人都是美洲人、歐洲人。

一個個神色峻峭而淡漠的中國人，小步急走在美國的雪地上，其祖先是最重禮貌最善微笑最懂賞雪的中國人哪。

鄰嫗

我對他說：

「別人有鄰家男孩鄰家女孩可看，我的西鄰是幢空屋，東鄰是一位老太太，背已駝，骨瘦如柴，支著拐杖，移步來到汽車前，拐杖先入車，她顫顫抖抖坐進，拉上門，扣好安全帶，突然絕塵而去……」

他笑了，認為很好，很現代，我們一同笑。

他說：

「你捏造？」

「真是這樣的，老太太，汽車，是這樣呀。」

「老人開車哪會這樣快速？」

我認為他的話也是中肯的，可是在我的印象中，那老太太確實是慢慢出來，顫顫坐進，然後，絕塵而去……

歐陸的都市，所以有情趣，都因歷史長、人文厚、風味當然醇粹，格林威治村算是紐約最有逸致的區域了，總還嫌有這麼點虛寒虛熱，不三不四——我克制著，免得多鄙薄它。

路邊蹲著一個姑娘，膝上豎著紙牌：

「我不出賣我的身體，請幫助我！」

過路的中年男子對她大聲道：

「你該去對你爸爸這樣說呀。」

「爸爸不聽我的話！」

男子已走遠，她還在咕嚕「爸爸不聽我的話」。

她說著，扭動兩肩，臉也俯仰轉側，嘴唇開合得很有風韻，如果她是一隻鳥一隻松鼠，就什麼事也沒有，她卻是一個人，在美國，在任何國，隨便古代近代，都會險象環生，這點點容貌，這點點青春，夠毀滅她。

面對她，有神論也錯，無神論也錯。

仙子

瓊美卡四季景色皆可愛，秋深楓紅尤難為懷，路上終年少行人，草木映發若雲興霞蔚，我獨自信步慢走，望見前面槭樹叢下兩個小女孩向我拍手，為什麼？她們誤認了？

愈近，愈知她們是為了歡迎我而鼓掌的。一座純白的優雅家宅，豐綠的草坪，木柵欄外才是路，小圓桌擺在路邊，兩把童椅，她倆顯然是姊妹，白紗裙衫淡色五彩碎花，圓桌上一串一串的項鍊腕鍊，小珠子也是五彩的、淡色的——她們是商人，自己串珠，定價，希望賣掉，得利姊妹均分。

經過這裡的人太少了，成為顧客的可能更少，我裝作認真挑選，取了四串，並問道：

「你們是不是覺得這四串最美麗？」

「是的，這是最美麗的四串！」

我付錢，她們交貨，彼此道謝。

繼續信步慢走，心想：如果回頭一看，她們消失無痕，那麼她們是臨凡的仙子，我是幸運的頑童；如果回頭望去她們仍在槭樹下等候，那麼她們是小小的商人，我是垂垂老去的顧客。

路工

從浴室的後窗下望，十來個修路工人配合著鏟土機在勞作，烈日當空，中年者穿上衣，青年赤膊——也由於發胖了不願出醜，而正當腰緊肩舒、胸肌沛然、背溝像一行詩，夏季不展覽更待何時，坐在鏟土機車中的那個也裸著上身，翹邊的西部草帽，因為，年輕。

還有更年輕的，金髮剪得短短，推了切割機到窗下來截路面，電轉的圓鋸雜訊很大，揚起陣陣灰屑，他用一方紅帕蒙著下半個臉。

路面截好，我想，該去洗抹一番——只見他走到攪拌機尾部，開水管，用紅帕接之遍擦上身……我想，何不沖沖頭呢——他傴下來讓水淋在髮頂，然後以紅帕拭臉……不再防塵，就紮額好了——他把紅帕斜對角貼在腹部滾捲，卻又抖開，沒有對齊？他仔細對齊了再捲，捲就便舉臂箍於頭上，我想，抽菸——他走近那個也赤膊而長髮豐髯的青年，我感覺到那青年的菸已抽完，果然見他聳聳肩……那就去小店買吧——少年奔了，剛及店門，這裡有人呼喚，他呆一呆，便奔回來（沒事，聽錯了），我想，還是要去買菸，買食品和飲料——他又向小店大步而去，不一會手捧兩個紙袋，嘴上叼著菸……

我離開窗台，立在書桌前，點菸，對著燈——「博愛」這個觀念，人人以為「愛」是主詞，其實「愛」是艱難的，一倒翻便成怨恨，而「博」則既博之後，不會重蹈於隘，剛才的半小時中，窗內的我與路上的他，就像我是腦，他是身，我想到什麼，他就做什麼，反之，也真切，他是作者，我是讀者，路是舞台，窗是包廂，況且我曾有過多年修路的生涯，何起何訖，何作何息，經驗大半共通，汗之味，烈日之味，灰沙之味，菸之味，飢渴之味，寰球所差無幾，剛才的十五分鐘，似乎是我思在前，他行在後，其實兩者完全同步，但我額外得到一項快樂，鑑於彼此毫無礙誤，使這項快樂成為驚訝，那麼，「博」真正是主要的，「愛」豈僅次要，也徒然假借了名義，「愛」得疲乏不堪的人，本以為從此無所事事，按上述同步現象的可能性之存在，「愛」得疲乏不堪的人尚可有所事事於「博」，先知比蘆葦大，博比愛大多了，愛一定要使被愛的人明瞭處於愛中，所以煩惱鬱毒，而博者不求受博者有知覺，便能隨時恣意博去，博之又博，驚訝與快樂莫須再分。

修路工程這一段還有好多天要進行，凡赤膊的青年少年，膚色日漸加深，久旱，高熱，空氣昏，赭紅的皮金褐的毛，望去模模糊糊，那是要想起他們剛來時的白皙，才能說他們曬黑了。

林肯中心的鼓聲

鼓聲就可以這樣順遂地把一切欲望擊退，
把一切觀念敲碎，不容旁騖，不可方物，
只好隨著它投身於基本粒子的分裂飛揚中……

冬天搬來曼哈頓，與林肯中心幾乎接鄰，聽歌劇，看芭蕾，自是方便，卻也難得去購票。

我的大甥在「哈佛」攻文學，問他的指導教授：美國文明究竟是什麼文明？教授說：「山洞文明。」真正的智者都躲在高樓大廈的「山洞」裡，外面是人欲橫流的物質洪水——大甥認為這個見解絕妙，我亦以為然。

當我剛遷入此六十一街三十 W. APT 時，也頗有山頂洞人之感。看門大員力拒野獸，我便可無為而治。儲藏食品的櫥櫃特多，冰箱特大，我的備糧的本能使我一次出獵，大批帶回，塞滿櫥櫃冰箱，一個月是無論如何吃不完的，這豈非更像原始人的冬令蟄伏——是文明生活的返祖現象。想想覺得很有趣，再想想又覺得我自己不是智者，而且單身索居，這山洞委實寂靜得可怕，幾個星期不下樓不出門，偶然飄來一封信，也燃不起一堆火。山洞文明不好受。

可是真的上了街，中央公園大而無當，哈德遜河邊滿目陌生人，第五大道死硬的時裝模特兒，路旁小攤上烤肉串的焦油味……都使我的雙腳朝林肯中心的方向走——我還是回來的好。

我想，那哈佛大學的智慧的教授所說的山洞，甯是指大學、圖書館、博物館、美術館、畫廊，特別是幾個傑出的研究中心和製造中心，才是美國文明的山洞，猶如宇宙中引力強大的黑洞。我在「大都會」、「古根漢」、「惠特尼」、「現代」等館中徘徊時，才有「山洞」感，哥倫比亞大學的閱覽室中的一片寂靜，也是可愛的有為的寂靜——無為的寂靜總會滋生煩惱。

夏天來了，電力的冷風不自然，這只調節器的聲音特別擾人，我已承認害怕寂靜，當寂靜被弄破時，又心亂如麻……不能用這只自鳴得意的空氣調節器。只好開窗。

開窗，望見林肯中心露天劇場之一的貝殼形演奏台，每天下午晚上，各有一場演出。廢了室內的自備音響，樂得享受那大貝殼中傳來的精神的海鮮。節目是每天每晚更換的：銅管樂、搖滾樂、歌劇清唱、重奏，還有時髦得名稱也來不及定妥又變了花樣的什麼音樂。我躺著聽，邊吃邊喝聽，不穿褲子聽，比羅馬貴族還愜意——夏季沒過完，我已經非常之厭惡那大貝殼中發出來的聲音了：不想「古典」的日子，偏偏是柔腸百轉地惹人膩煩；不想「摩登」的夜晚，硬是以火爆的節奏亂撞我的耳膜。勿花錢買票，就這樣受罰了。所以每當雷聲起，電光閃，陣雨沛然而下，我開心，看你們還演奏不。

可惜不是天天都有大雷雨，只能時候一到，關緊窗子。如果還是隱隱傳來，便開動我自己的「音響」與之抗衡，奇怪的是但凡抱著這樣的心態的當兒，就也聽不進自選的音樂，可見行事必得出自真心，做作是不會快樂的。

某夜晚，燈下寫信，已就兩頁，意未盡；那大貝殼裡的頻率又發作了，側首看看窗外的天，不可能下雨，窗是關緊的，別無良策，管自己繼續寫吧……樂器不多，鼓、圓號、低音提琴，不三不四的配器……管自己寫吧……

寫不下去了——鼓聲，單是鼓聲，由徐而疾，疾更疾，忽沉忽昂，漸漸消失，突然又起翻騰，恣肆癲狂，破石驚天，戛然而止。再從極慢極慢的節奏開始，一程一程，穩穩地進展……終於加快……又回復嚴峻的持續，不徐不疾，永遠這樣敲下去，永遠這樣敲下去了，不求加快，不求減慢，不求升強降弱，唯一的節奏，唯一的音量……似乎其中有微茫的變化，這是偶然，微茫的偶然的變化太難辨識，太難辨識的偶然的微茫的變化使聽覺出奇地敏感，出奇地敏感的絕望者才能覺著鼓聲在變化，似乎有所加快，有所升強……是加快升強了，漸快，更快，愈來愈快，愈來愈快愈來愈快……快到不像是人力擊鼓，但機械的鼓聲絕不會有這「人」味，是人在擊鼓，是個非凡的人，否定了旋律、調性、音色、各種記譜符號，這鼓聲引醒的不是一向由管樂弦樂聲樂所引醒的因素，那麼，人，除了歷來習慣於被管樂弦樂聲樂所引醒的因素之外，還確有非管樂弦樂聲樂能引醒的因素存在，一直沉睡著，淤積著，荒蕪著，這些因素已是非常古老原始的，在人類尚無管樂弦樂聲樂伴隨時，曾習慣於打擊樂器，漫長的遺棄廢置，使這些由今晚的鼓聲來引醒的因素顯得陌生新鮮。古老的蠻荒比現代的文明更近於宇宙之本質，那麼，我們，已離宇宙之本質如此地遠漠了，這非音樂的鼓聲倒使我回近宇宙，這鼓聲等於無聲，等於只剩下鼓手一個人，這人必定是遒強美貌的，粗獷與秀麗渾然一體的無年齡的人——真奇怪，單單鼓聲就可以這樣順遂地把一切欲望擊退，把一切觀念敲碎，不容旁騖，不可方物，只好隨著它投身於基本粒子的分裂飛揚中……

我撲向窗口，猛開窗子，手裡的筆掉下樓去，恨我開窗太遲，鼓聲已經在圓號和低音提琴的撫慰中作激戰後的嬌憨的喘息，低音提琴為英雄拭汗，圓號捧上了桂冠，鼓聲也就息去——我心裡發急，鼓掌呀！為什麼不鼓掌，湧上去，把鼓手抬起來，拋向空中，摔死也活該，誰叫他擊得這樣好啊！

是我激動過分，聽眾是在劇烈鼓掌，吆喊……我望不見那鼓手，大貝殼的下一半被樹木擋住，只聽得他在揚聲致謝，我憑他的嗓音來設想他的面容和身材，希望聽眾的狂熱能使他心軟，再來一次……掌聲不停……但鼓聲不起，他一再致謝，終於道晚安了，明亮的大貝殼也轉為暗藍，人影幢幢，無疑是散場。

我懊喪地伏在窗口，開窗太遲，沒有全部聽清楚，還能到什麼地方去聽他擊鼓，冒著大雨我也步行而去的。

我不能荏弱得像個被遺棄的人。

又不是從來沒有聽見過鼓聲，我是向來注意各種鼓手的，非洲的，印度的，中國的……然而這個鼓手怎麼啦，單憑一只鼓發出的聲音就使人迷亂得如此可憐，至多我承認他是個幸福的人，我分不到他的幸福。

那鼓手不外乎去洗澡，更衣，進食，睡覺了。

在演奏家的眼裡，聽眾是極其渺小的，他倒是在乎、倒是重視那些不到場、不願聽的人們。

明天不散步了

瓊美卡四季景色的更換形成我不同性質的散步，
回來時，走錯了一段路，
因為不再是散步的意思了，
兩點之間不取最捷近的線。

上橫街買菸，即點一支，對面直路兩旁的矮樹已綴滿油亮的新葉，這邊的大樹枝條仍是灰褐的，諒來也密布芽蕾，有待綻肥了才鬧綠意，想走過去，繼而回來了，到寓所門口，幡然厭惡室內的沉濁氛圍，戶外清鮮空氣是公共的，也是我的，慢跑一陣，在空氣中游泳，風就是浪，這瓊美卡區，以米德蘭為主道的岔路都有坡度，路邊是或寬或窄的草坪，許多獨立的小屋坐落於樹叢中，樹很高了，各式的門和窗都嚴閉著，悄無聲息，除了潔淨，安謐，沒有別的意思，倘若誰來說，這些屋子，全沒人住，也不能反證他是在哄我，因為是下午，晚上窗子有燈光，便覺得裡面有人，如果孤居的老婦死了，燈亮著，死之前非熄燈不可嗎，她早已無力熄燈，這樣，每夜窗子明著，明三年五年，老婦不可憐，那燈可憐，幸虧物無知，否則世界更逼促紊亂，幸虧生活在無知之物的中間，有隱蔽之處，迴旋之地，憩息之所，落落大方地躲躲閃閃，一代代蹙眉竊笑到今天，我散步，昨天可不是散步，昨天豪雨，在曼哈頓縱橫如魔陣的街道上，與友人共一頂傘，我倆大，傘小，只夠保持頭髮不濕，去圖書館，上個月被罰款了，第一個發起這種辦法的人有多聰明，友人說，坐下看看嗎，我的鞋底定是裂了，襪子全是水，這樣兩隻腳，看什麼書，於是又走在街上，大雨中的紐約好像沒有紐約一樣，倫敦下大雨，也只有雨沒有倫敦，古代的平原，兩軍交鋒，旌旗招展，馬仰人翻……大雨來了，也就以雨為主，戰爭是次要的，就這樣我倆旁若無紐約地大聲說笑，還去注意銀行的鐵欄杆內不白不黃的花，狀如中國的一般秋菊，我嚷道，菊花開在樹上了，被大雨濯得好狼狽，我友也說，真是踉踉蹌蹌一樹花，是什麼木本花，我們人是很絮煩的，對於喜歡的和不喜歡的，都想得個名稱，面臨知其名稱的事物，是舒泰的，不計較的，如果看著聽著，不知其名稱，便有一種淡淡的窘，漠漠的歉意，幽幽的尷尬相，所以在異國異域，我不知笨了多少，好些植物未敢貿然相認，眼前那枝開滿朝天的紫朵的，應是辛夷，不算玉蘭木蘭，誰知美國人叫它什麼，而且花瓣比中國的辛夷小、薄，即使是槭樹、杜鵑花、鳶尾、水仙，稍有一分異樣，我的自信也軟弱了，哪天回中國，大半草木我都能直呼其名，如今知道能這樣是很愉快的，我的姓名其實不難發音，對於歐美人就需要練習，拼一遍，又一遍，笑了——也是由於禮貌、教養、人文知識，使這樣世界處處出現淡淡的窘，漠漠的歉意，幽幽的尷尬相，和平的年代，諸國諸族的人都這樣相安居、相樂業、相往來……戰爭爆發了，人與人不再窘不再歉不再尷尬，所以戰爭是壞事，極壞的事，與戰爭相反的是音樂，到任何一個偏僻的國族，每聞音樂，尤其是童年時代就諳熟的音樂，便似迷航的風雨之夜，驀然靠著了故鄉的埠岸，有人在雨絲風片中等著我回家，公寓的地下室中有個打雜工的美國老漢，多次聽到他在吹口哨，全是海頓爸爸，莫札特小子，沒有一點山姆大叔味兒，我也吹了，他走上來聽，他奇怪中國人的口哨竟也是純純粹粹的維也納學派，這裡面有件什麼超乎音樂的亟待說明的重大懸案，人的哭聲、笑聲、呵欠、噴嚏，世界一致，在其間怎會形成二三十種盤根錯節的語系，動物們沒有足夠折騰的語言，顯得呆滯，時常鬱鬱寡歡，人類立了許多語言學校，也沉寂，悶悶不樂地走進走出，生命是什麼呢，生命是時時刻刻不知如何是好……我是常會迷路的，要去辦件事或赴個約，尤其容易迷路，夜已深，停車場那邊還站著個人，便快步近去，他說，給我一支菸，我告訴你怎樣走，我給了，心想，還很遠，難尋找，需要菸來助他思索，他吸了一口，又一口，指指方向，過兩個勃拉格就是了，我很高興，轉而賞味他的風趣，如果我自己明白過兩個街口便到，又知道這人非常想抽菸，於是上前，他以為我要問路，我呢，道聲晚安，給他一支菸，為之點火，回身走了，那就很好，這種事是永遠做不成的，猜勿著別人是否正處於沒有菸而極想抽菸的當兒，而且散步初始時的清鮮空氣中的游泳感就沒有了，一陣明顯的風，吹來旎旎馣馣的花香，環顧四周，不見有成群的花，未知從何得來，人和犬一樣，將往事貯存在嗅覺訊息中，神速引回學生時代的春天，那條殖民地的小街，不斷有花鋪、書店、唱片行、餐館、咖啡吧，法蘭西的租界，住家和營商的多半是猶太人，卻又弄成似是而非的巴黎風，卻也是白俄羅斯人酗酒行乞之地，書店安靜，唱片行響著，番茄沙司加熱後的氣味溜出餐館，煮咖啡則把一半精華免費送給過路客了，而花鋪的馝馞濃香最會氾濫到街上來，晴暖的午後，尤其鬱鬱菲菲眾香發越，陽光必須透過樹叢，小街一段明一段暗，偶值已告觖絕的戀人對面行來，先瞥見者先低了頭，學院離小街不遠，同學中的勁敵出沒於書店酒吧，大家不聲不響地滿懷凌雲壯志，喝幾杯櫻桃白蘭地，更加為自己的偉大前程而傷心透頂了，誰會有心去同情潦倒街角的白俄羅斯曠夫怨婦，誰也料不到後來的命運可能赧然與彼相似，陣陣泛溢到街上來最可辨識的是康乃馨和鈴蘭的清甜馥馤，美國的康乃馨只剩點微茫的草氣，這裡小徑石級邊不時植有鈴蘭，試屈一膝，俯身密嗅，全無香息，豈非啞巴、瞎子，鈴蘭又叫風信子，百合科，葉細長，自地下鱗莖出，叢生，中央挺軸開花如小鈴，六裂，總狀花序，青、紫、粉紅，何其緊俏芬芳的花，怎麼這裡的風信子都白癡似的，所以我又懷疑自己看錯花了，不是常會看錯人嗎？總又是看錯了，假如哪一天回中國去，重見鈴蘭即風信子，我柔馴地凝視，俯聞，凝視，會想起美國有一種花，極像的，就是不香，剛才的一陣風也只是機遇，不再了，三年制專修科我讀了兩年半，告別學院等於告別那小街，我們都是不告而別的，三十年後殖民地形式已普遍過時，法蘭西人、猶太人、白俄羅斯人都不見了，不見那條街，學院也沒有，問來問去，才說那灰色的龐然的冷藏倉庫便是學院舊址，為什麼這樣呢，街怎會消失呢，巡迴五條都無一彷彿，不是已經夠傻了，站在這裡等再有風吹來花香，仍然是這種傻……起步，雖然沒有人，很少人，凡是出現的都走得很快，我慢了就顯出是個散步者，散步本非不良行為，然而一介男士，也不牽條狗，下午，快傍晚了，在春天的小徑上彳亍，似乎很可恥，這世界已經是，已經是無人管你非議你，也像有人管著你非議著你一樣的了，有些城市自由居民會遁到森林、冰地去，大概就是想擺脫此種冥然受控制的惡劣感覺，去盡所有身外的羈絆，還是困在自己靈敏得木然發怔的感覺裡，草葉的香味起來了，先以為是頭上的樹葉散發的，轉眼看出這片草地剛用過刈草機，那麼多斷莖，當然足夠形成涼澀的沁胸的清香，是草群大受殘傷的綠的血腥啊……暮色在前，散步就這樣了，我們這種人類早已不能整日整夜在戶外存活，工作在桌上，睡眠在床上，生育戀愛死亡都必須有屋子，瓊美卡區的屋子都有點童話趣味，介乎貴族傳奇與平民幻想之間，小布爾喬亞的故事性，貴族下墜摔破了華麗，平民上攀遺棄了樸素，一幢幢都弄成了這樣，在幼年的彩色課外讀物中見過它們，手工勞作課上用紙板糨糊搭起來的就是它們的雛形，幾次散步，一一評價過了，少數幾幢，將直線斜線弧線用出效應來，材料的質感和表面塗層的色感，多數是錯誤的，就此一直錯誤著，似乎是叫人看其錯誤那造對了造好了的屋子，算是為它高興吧，也擔心裡面住的會不會是很笨很醜的幾個人，兼而擔心那錯誤的屋子裡住著聰明美麗的一家，所以教堂中走出神父，寺院台階上站著僧侶，就免於此種形式上的憂慮，紀念碑則難免市儈氣，紀念碑不過是說明人的記憶力差到極點了，最好的是塔，實心的塔，只供眺望，也有空心的塔，構著梯級，可供登臨極目，也不許人居住，塔裡冒出炊煙晾出衣裳，會引起人們大譁大不安，又有什麼真意含在裡面而忘卻了，高高的有尖頂的塔，起造者自有命題，新落成的塔，眾人圍著仰著，紛紛議論其含義，其聲如潮，潮平而退，從此一年年模糊其命題，塔角的風鐸跌落，沒有人再安裝上去，春華秋實，塔只是塔，徒然地必然地矗立著，東南亞的塔群是對塔的誤解、辱沒，不可歌不可泣的宿命的孤獨才是塔的存在感，瓊美卡一帶的屋子不是孤獨的，明哲地保持人道的距離，小布爾喬亞不可或缺的矜持，水泥做的天鵝，油漆一新的提燈侏儒，某博士的木牌，車房這邊加個籃球架，生息在屋子裡的人我永遠不會全部認識，這些屋子漸漸熟稔，瓊美卡四季景色的更換形成我不同性質的散步，回來時，走錯了一段路，因為不再是散步的意思了，兩點之間不取最捷近的線，應算是走錯的，幸虧物無知，物無語，否則歸途上難免被這些屋子和草木嘲謔了，一個散步也會迷路的人，我明知生命是什麼，是時時刻刻不知如何是好，所以聽憑風裡飄來花香泛溢的街，習慣於眺望命題模糊的塔，在一頂小傘下大聲諷評雨中的戰場——任何事物，當它失去第一重意義時，便有第二重意義顯出來，時常覺得是第二重意義更容易由我靠近，與我適合，猶如墓碑上倚著一輛童車，熱麵包壓著三頁遺囑，以致晴美的下午也就此散步在第二重意義中而儼然迷路了，我別無逸樂，每當稍有逸樂，哀愁爭先而起，哀愁是什麼呢，要是知道哀愁是什麼，就不哀愁了——生活是什麼呢，生活是這樣的，有些事情還沒有做，一定要做的……另有些事做了，沒有做好。明天不散步了。

溫莎墓園日記

不要問，
尤其別用電話探聽，
我說不清，
相信你會同情。

最初是陌生的無名墓園，每週一二次漫步其間，幾年過來，季節的換景就不再驚訝，也未曾遇見人，漸漸信賴這是個廢區，可占為孤獨者的采地，躑躅在環形的泥徑上，就都是蒼翠的樹蒼翠的樹，因為十四座墓碑全位於泥徑的外緣，其內細草鋪匯成偌大的圓坪，喬木和亞喬木分別聳立著，已經是一個不小的幽林，只有居中而偏西的那塊黑岩，巨象之背般伏在蒿萊叢中，容易引起如果憩息其上的意欲，並非有所困倦，都只宜於坐著臥著瀏覽高處紛紜的杈椏，其實是滿天明綠的繁葉，無不搖曳顫動蕭蕭作聲。

那年夏季常來大風，暴雨比風還大，墓園裡有樹折倒了，折倒了一棵，也位於西北角，過後鋸成許多段，曝在原地，日光照著肉黃的鮮明的橫斷面，年輪可估百數，蛀空了的緣故，近地面那截被什麼蟲長久營巢，倒下來的時候，似乎沒有連累別的樹，而因為是夏季，墓園的整部濃蔭，唯獨西北角就敞亮得異樣，可知這棵樹曾有多少多少葉子，直到秋季，秋深，缺失感才不再顯著，段木全運走，翌年的夏季，除非想起那時折倒了一棵樹，此外不會覺得墓園有什麼缺失。

（這些或者寫入給桑德拉的信）

黑岩是很大一塊，方位猶如管弦樂隊的指揮所在處，這個慵懶的指揮兀自坐著吸菸，僭占整園葉子的混合碎聲，總是這樣起始滿懷愉悅榮耀，任憑億兆樹葉的碎聲供養一尊，將自身喻作薄巧的紙舟，樹葉的碎聲詮釋為淼淼的水，水的浮力裕然載托紙舟⋯⋯

葉子的碎聲撩動耳蝸的纖毫，風給髮膚以清涼柔潤，而肉體何止是這些，它大著，被忽視棄置，於是它欠伸了，健全的肉體在黑岩上作癱瘓狀為時已久，它欠伸，四肢應和著改換姿態，徐徐平定下來。

肉體要離開黑岩，離開黑岩那麼何往，肉體又勿明去向，它只是不能過久保持一宗姿態，其實它過敏於畏懼死，一宗姿態久了，它以為鄰近死，肉體隨時以動作自證，疑慮於類似死或與死無差別的狀況，只有疾病和睡眠，才使肉體寧息，它知道但求疾病痊癒睡眠滿足，方能繼續自證存在，康復和甦醒之後，肉體又諱忌靜止，每有較長的靜止，它會以筋骨的酸楚，肌膚的痺癢來諂照，如果不得理會，伎倆就更趨狡黠，它偽裝徇從，安謐不動，情緒悄悄從底層亂起，感官遲鈍了，樹葉的混合碎聲，不再是榮悅的供養，守在黑岩上亦是枉然。

為何漫步最宜沉思，就因肉體有肉體的進行，心靈有心靈的進行，心靈故意付一件事讓肉體去做，使它沒有餘力作騷擾，肉體也甚樂意，無目的，不辛勞，欣然負荷著心靈，恣意地走，其實各種沉思中，很多正是謀劃制服肉體的設計，乃至隳滅肉體的方程演繹。

（以上的，寄給桑德拉，不會，她不會抱怨故意把信拉長）

這不是庶民聚葬的公墓，是教會產邑的部分，安息的都是蒙主召歸的基督徒，歷任教堂執事，樹林外便是西敏寺廣場，禮拜天上午泊滿車輛，其實整個灰黃糙石立面的建築群，是一座 Monastery，既恢宏又樸素的修道院，在北美洲自亦少見，廣場空漠如茫茫弱水，偶爾浮現一二模糊人影，形狀也不類

monachus，nonna，猜度性質，許是 Order，教社，不限於駐院修道的僧尼，教社中人除了斷念俗慮潔身持戒者，凡同宗義俱屬社眾，畢生奉獻於傳播福音，興辦學校，分施慈惠，可見所謂四百年前此風已告衰竭的史鑑，未必盡然，Order，Monastery，同起於五六世紀，十字軍第七次踉蹌退回後，倒是這些黑衣人吐哺了歐羅巴文化，才不致痪斃在天路歷程的荒涼驛站上。

但是很願知道這個墓園有沒有特定的稱謂，既已熟悉也可擅賦稱謂，常常是那樣的，對陌生人亦常常在暗中呼喚，親暱地，切齒地，在暗中有名有姓地呼喚，當那些平常人變得不平常時。

墓的款式也舛異，下葬應是骨灰，骨灰入土後，用原煤般黑的長形石塊，交疊砌台，高一米以上，再安頓墓碑，死者的名姓、生卒年，鐫於銅牌，銅牌橫約二十釐米，闊六釐米，嵌在石碑的右下角，於是石碑的中心讓給一方瓷質的高肉浮雕，其實最初吸引進入墓園的雖是夏綠的喬木，導致頻來徘徊的卻是這十四方瓷雕，耶穌走向各各他，再重複重複也看不厭，瓷雕只作人形和十架，沒有襯景，他枯瘠，細長，禁欲的清苦肉身，袍片和褻衣都是靈性的，塗著淡青淺赭的釉彩，作為坯體的瓷泥是粗粒子的，釉彩又呈透明，所以整方瓷雕是慘澹的病黃色，這些還只起時空的邈遠感，值得一次再次對之凝眸的是人形的塑造，亦即所謂拜占庭的風調，到了拜占庭，大藝術家似乎退而入寐，餘事盡付工匠，一切從此圓熟而拙劣，似乎本來不致這樣拙劣，是出於誠愨的緣故，似乎是因為拙劣，只求看取誠愨了。

（桑德拉喜歡我絮聒，就寄她這些，她認為瑞士是真寂寞，當然指我這裡是假寂寞，我辯道：能把寂寞分出真呀假呀，頗不寂寞）

第五座墓碑的銘牌脫落，右下角的位跡深褐色。

其他的十三座都完整，就因為只有一座無名無姓，令人徒然尋思這裡埋葬的是誰。

搜視草叢，銘牌怎會不就在壘石的四周。

壘石上平平放著一生丁，生丁可能掉在泥徑上，草叢裡，怎會落於離地如許之高的壘石上。

信手將生丁拈來……放回原處，心緒轉為空惘，今天的漫步敗興而回，不可理喻的偶然性是最乏味的。

（把這些納入日記中，以示無事可記）

愛德華八世與華利絲・辛普森，本世紀最後一對著名情侶，終於成為往事，各國的新聞紙為公爵夫人的永逝，翩躚致哀了幾天，狀如藝術家的回顧展，華利絲年輕時候的照片，使新聞紙美麗了幾天。

看罷溫莎公爵和公爵夫人的愛情回顧展，猶居塵世的男男女女都不免想起自己，自己的癡情，自己的薄情。

這分明是最通俗的無情濫情的一百年，所以驀然追溯溫莎公爵和公爵夫人的粼粼往事，古典的幽香使現代眾生大感迷惑，宛如時光倒流，流得彼此眩然黯然，有人抑制不住驚歎，難道愛情真是，真是可能的嗎。

在雖然已經具備語言文字的紀元中，忽然說，人生如夢，之前，誰也不曾聽到過這樣的比喻，人生如夢，聞者必是徹心驚悟，這個比喻終於傳達得人人都會脫口而出，以此推衍，遠古必定發生過這樣的事：有人，不知是男是女，在世上第一個第一次對自己鍾情已久的人，說，我愛你，再推衍，必有人作為世上第一個，第一次以筆劃構成愛字，在其前加我其後加你，這樣，第一次聽到我愛你，聲音，和第一次看到我愛你，文字，必會極度震駭狂喜，因為從來沒有想到心中的情，可以化為聲音變作字……嗣後，嗣後的人，那是指相繼誕生的男男女女，代復一代，不拘是語言的愛文字的愛，都敝舊了，哆嗚歪斜了，所以溫莎情侶，用清正的嗓音，端莊的手跡，將愛說出寫出，芸芸眾生又覺得人生是人生，夢是夢，然後，才委委婉婉，重新認領人生如夢，其實這時卻正在人生裡而不在夢裡。

愛德華八世，巴黎，卡地亞珠寶店，為她買首飾，前後共計八十七件。范克里夫和亞伯斯，共買廿三件，紅寶石鑲鑽項鍊，刻了：我的華利絲—大衛贈。

藍寶石鑲鑽手表，也從范克里夫買來，上刻：為我們的婚約18V—37。

另一條，出自卡地亞，紅寶石鑲鑽手鍊，結婚一週年紀念，六月三日。

鑲珍珠鑽石的晚宴手提袋。

鑲寶石的鏡子、皮帶。

卡地亞珠寶店著名的大貓寶石，鑲在豹形和虎形的手鐲上及夾子上。

一支鑲紅寶石藍寶石翡翠及鑽石的紅鶴別針。

總數兩百一十六件，溫莎公爵用以補充語言文字每嫌不足的愛之表達，贈予這使他寧願放棄王位的華利絲，她始終是無辜的，一直是悒鬱的，皇室和上流社會隱隱然視她為不祥的尤物，在她謝世之前，已有八年沒有走下法國布倫家中的樓梯，喪失說話的能力也已有七年了，那兩百餘件愛的信物珍物，此後就冰凍般存放在銀行裡，不再為晶燈玉燭照耀生輝。

秋深以來，墓園並無蕭索之感，樹木落盡葉子，纖枝悉數映在藍空中，其實是悅目的繁麗，冬季是它們的裸季，夏季是人的裸季，冬季是樹的裸季。

認為墓園是廢區就判斷失誤了，這裡已非孤獨者的天賦采地，第五座墓碑的石基上的那個生丁，已被翻轉，上次信手取來又放下時，記得是林肯的側面像，而今變為紀念堂的圖像。

誰也注意到這生丁，掇之、置之。

生丁再翻為林肯像的一面。

幾天後去墓園，生丁以紀念堂的圖像承著薄暮的天光。

資訊，此與彼之間存在資訊，資訊的初極和終極相連，其間沒有美醜賢劣強弱智愚的餘地，誰都能用拇指食指將生丁翻個面。

風雨霰雪不能使平貼在石上的銅幣轉身，鳥也不會抓它啄它，松鼠以嗅覺來辨識食物，使生丁由正面換為背面的力，是人力。

此，執正面，彼，執反面，幾次的翻轉，資訊的涵義深化為：

此存在
此沒忘懷
此願意持續

生丁正之反之的次數愈多，涵義的值就進入：

此至今猶存在
此怎能忘懷呢
此已無法中斷這個持續了

原本是最輕易的兩個手指合成一個動作，起始的資訊，初極與終極天然相連，由於此彼各執一面的次數的增多，親手製造輪迴，落入輪迴中……

如果，不再去墓園，如果去墓園而不近第五座石碑，如果行過石碑前而不伸手翻轉生丁，這種三種行為，都是背德的，等於罪孽。

刑場、賭場、戰場，俱是無情的場，蘇士比拍賣場也是無情的場，一九八七年四月，日內瓦的蘇士比，將逐件拍賣溫莎公爵贈溫莎公爵夫人的兩百一十六件愛的珍物信物。

公爵夫人把她的大部分財產捐給巴斯特中心，醫學的研究機構似乎研究不出更華嚴得體的辨法，來處置這些珍物信物，似乎只好交給蘇士比，而且已經把它們鎖在日內瓦一家銀行的保險箱內了。

蘇士比拍賣公司的聲音：本公司在瑞士的珠寶鑑定專家，應邀鑑定這批首飾，因此，順理成章概由本公司拍賣。

愛情需要鑑定？瑞士的珠寶鑑定專家將鑑定溫莎公爵與溫莎公爵夫人的愛

情，無價的，有價了。

然後是四月，溫茂的季節，瑞士，多福的國，日內瓦，清倩的湖畔，蘇士比，無情的場。

紅寶石及金剛鑽鑲成的項鍊，投保於銀行的價目是六十萬鎊，鑑定家認為實值五十萬鎊，女星伊莉莎白．泰勒首起接價，杜拜王室的穆罕默德喊了五十五萬鎊，德國鋼鐵大王泰森出的就是當初投保銀行的六十萬鎊，希臘船王加了二萬，六十二萬鎊，然而還有英吉哈德太太，白金之王的遺孀，她與溫莎公爵夫人的私交非比尋常，早年她在晚宴中乍見這串紅寶石閃耀於華利絲胸前時曾經讚歎過……

現在是二月，還有兩個月，蘇士比公司聲稱：拍賣將在最保密的情況下進行，甚至不列出邀請名單。

行近第五座墓碑……

平時硬幣在指間流過，從不仔細端詳，原來這生丁的背面，林肯紀念堂之上，有一行拉丁文，意謂：「許多個化為一個。」一既蘊藉又浩蕩地頌揚了這位總統的功德，然而此句拉丁文所可能啟示的何止這些。

翻轉生丁，已成資訊，不翻轉生丁也自成資訊，涵義是：

此已死亡
此全忘懷
此不再來

除了此已死亡這一項是天命，其餘二者等於告示彼：此，是一個輕薄的無情誼的人，也等於判定：彼，是癡的，長時與輕薄的無情誼的人通款，是癡的。

或許彼亦既入輪迴，想脫卻而不能，彼已厭倦於清晨晼晚悄悄入林翻轉這個生丁，這是此的哀怨的猜想。

又害怕有第三者介入，偶然發現生丁，取來，信手拋擲，那就，資訊亂了，含義轉為：

終止
這是荒謬
這是荒謬的消除

故而，若生丁不在，先應解釋為有第三者介入，就得再放一個色澤相仿的生丁在那裡，做林肯像的正面。

且深信，倘彼來不見生丁，彼思，彼也將以另一生丁置於原位，作紀念堂的反面。

這樣，豈非已經與愛的誓約具有同一性。

這個生丁的變動，倘是出於神意，出於魔意，就可不予理睬，任憑神魔進而捉弄，總能與之頡頏周旋，而今是人，人意，不明性別年齡儀態品質，時日愈久，愈無意覷悉其品質儀態年齡性別，只以精純的人的一念耿耿在懷，這又豈非正符合那生丁背面的拉丁文銘言：把許多個化為一個。

（桑德拉來信，說女兒已入附近的中學，終於她能專忱新聞事業了，似乎把我尊為消息靈通人士，不加解釋地問道：

四月間你來不來，當然是指三月底，我陪你去看溫莎公爵夫人的遺物，最動人的無疑是那紅寶石項鍊，從前我在英吉哈德太太的沙龍裡初晤華利絲・辛普森時，她就佩戴著它，四十歲，林中清泉的美，真正風華絕代，她是屬於上個世紀的，或說，十九世紀留給二十世紀的悠悠人質。

希望你來，當然你得克制去你那邊的蘇士比，如果，你終於還是不想來日內瓦，那麼，別錯過這六天，三月十七日——廿二日，紐約的展覽期，你看了，至少以後談起來言之有物。

我想你一定在惋惜溫莎公爵夫人的遺物行將散失，散，就是失，雖然我不可能慫恿英吉哈德太太全部買下來，哦，可惡的競爭者，但是這紅寶石項鍊，已被我遊說到了這位白金皇后怒意盎然，矢言非要到手不可，如果你能來親睹項鍊的誰屬，我會多麼高興。

你知道，華利絲一直活在陰影裡，當然也正是活在大衛的愛裡，公爵亡後，她已灰了，他和她沒有事業，只有愛情，恰如你嘲弄的，以愛情為事業的人，那麼，以事業為愛情的人，又如何呢）

（覆函：三月底我不能來瑞士，四月，五月，也未知可否成行。會來的，來則告訴你，我這裡發生了什麼事。不要問，尤其別用電話探聽，我說不清，相信你會同情，而後，原諒我，好久沒有給你信，日記也停著。

等我來日內瓦時，將隨帶一物，供你持之與紅寶石項鍊作比較，先別妄猜，往好裡猜壞裡猜都是錯，總之我可以停止嘲弄以愛情為事業的人，但不停止嘲弄以愛情的新聞為事業的記者們，你是例外，因為你知道自己永遠是例外的。

紅寶石項鍊到紐約蘇士比時，我當遵囑去瞻仰，因為那時，它還是傳奇性的聖物，以後，四月以後，它是商品性的俗物，是的，我有點傷心，偌大世界，連一個女人的首飾也保藏不了，非要分屍似的零落殆盡，真是《情感教育》，從前阿爾魯夫人的東西，在她活著時就被拍賣，那場面實在寫得好，殘酷，噢，文學是，必得寫到一敗塗地，才算成功）

每星期五去墓園，下午，生丁無誤地翻了面，一陣針刺般的喜悅。

接連幾場大雪，墓園西北角積雪尤深，今年才分識雖是同樣落葉的樹，有的枝頭綴雪，有的就承不住，大雪後，墓園的喬木亞喬木仍是光淨的枯枝。

當生丁被雪蓋沒時，有一種輪迴告終的不祥之感，側著手掌輕輕拂雪，像是尋找埋在雪層下的寶貝或骸骨。

二月六日，整天在曼哈頓料理瓜葛世事，事畢，才知雪和夜都深了，車行維艱，駛至教堂區，進口的矮欄已被關上，那也只是不准泊車，銀白的廣場顯得遼闊，修道院樓上有窗戶是明的，隔著紛紛的雪，燈光幻為柔媚的淡橘紅，耶誕已過去一個多月。

無風而飄雪就另含滋潤的暖意，腳踏在全新的白地發出微音，引起莫名的慚謝，雪夜的靜是婉孌的，因為溫帶的雪始終是難久的稚氣而已。

墓台積雪甚厚，伸手探入底層，取得生丁，以打火機的光看清了，翻面，塞進雪層，按平在石上。

墓園籠在騰旋的白色網花中覺得陌生，反而像迢遙童年所見的雪的荒野。燃起紙煙，其實已經知道而且看見，我也被知道而且看見了。

（夤夜十二點，我們離開墓園時，凌晨三點半，許多個化為一個，紛紛的雪）

木心作品集——19

豹變

作　　者　木　心
總 編 輯　初安民
責任編輯　宋敏菁
美術編輯　林麗華
校　　對　呂佳真　宋敏菁

發 行 人　張書銘
出　　版　INK印刻文學生活雜誌出版股份有限公司
新北市中和區建一路249號8樓
電話：02-22281626
傳真：02-22281598
e-mail：ink.book@msa.hinet.net
網　　址　舒讀網http：//www.sudu.cc

法律顧問　巨鼎博達法律事務所
施竣中律師
總 代 理　成陽出版股份有限公司
電　　話　03-3589000（代表號）
傳　　真　03-3556521
郵政劃撥　19785090 印刻文學生活雜誌出版股份有限公司
印　　刷　海王印刷事業股份有限公司

港澳總經銷　泛華發行代理有限公司
地　　址　香港新界將軍澳工業邨駿昌街7號2樓
電　　話　(852) 2798 2220
傳　　真　(852) 2796 5471
網　　址　www.gccd.com.hk

出版日期　2018年9月　　初版
定　　價　300元
ISBN　978-986-387-252-8

國家圖書館出版品預行編目資料

豹變／木心 著；
--初版, --新北市中和區：INK印刻文學,
2018. 09 面；13 × 19公分. --（木心作品集；19）
ISBN 978-986-387-252-8（精裝）
857.63　　107012917